Dieu et l'État

Michel Bakounine

L'idée déiste et la constitution des religions

Trois éléments ou, si vous voulez, trois principes fondamentaux constituent les conditions essentielles de tout développement humain, tant collectif qu'individuel dans l'histoire : 1° l'animalité humaine ; 2° la pensée ; et 3° la révolte. À la première correspond proprement l'économie sociale et privée ; à la seconde ; la science ; à la troisième, la liberté. Les idéalistes de toutes les Écoles, aristocrates et bourgeois, théologiens et métaphysiciens, politiciens et moralistes, religieux, philosophes ou poètes – sans oublier les économistes libéraux, adorateurs effrénés de l'idéal, comme on sait –, s'offensent beaucoup lorsqu'on leur dit que l'homme, avec son intelligence magnifique, ses idées sublimes et ses aspirations infinies, n'est, aussi bien que toutes les autres choses qui existent dans le monde, rien que matière, rien qu'un produit de cette vile matière. Nous pourrions leur répondre que la matière dont parlent les matérialistes, matière spontanément. éternellement mobile, active, productive, matière chimiquement ou organiquement déterminée, et manifestée par les propriétés ou les forces mécaniques, physiques, animales et intelligentes qui lui sont foncièrement inhérentes, que cette matière n'a rien de commun avec la vile matière des idéalistes. Cette dernière, produit de leur fausse abstraction, est effectivement un être stupide, inanimé, immobile, incapable de produire la moindre des choses, un caput mortuum, une vilaine imagination opposée à cette belle imagination qu'ils appellent Dieu, l'Être suprême vis-à-vis duquel la matière, leur matière à eux, dépouillée par eux-mêmes de tout ce qui en constitue la nature réelle, représente nécessairement le suprême Néant.

Ils ont enlevé à la matière l'intelligence, la vie, toutes les qualités déterminantes, les rapports actifs ou les forces, le mouvement même, sans lequel la matière ne serait pas même pesante, ne lui laissant rien que l'impénétrabilité et l'immobilité absolue dans l'espace ; ils ont attribué toutes ces forces, propriétés et manifestations naturelles, à l'Être imaginaire créé par leur fantaisie abstractive ; puis, intervertissant les rôles, ils ont appelé ce produit de leur imagination, ce fantôme, ce Dieu qui est le Néant : « l'Être suprême » ; et, par une conséquence nécessaire, ils ont déclaré que l'Être réel, la matière, le monde, était le Néant. Après quoi ils viennent nous déclarer gravement que cette matière est incapable de rien produire, ni même de se mettre en mouvement par elle-même, et que par conséquent elle a dû être créée par leur Dieu. Qui a raison, les idéalistes ou les matérialistes ? Une fois que la question se pose ainsi, l'hésitation devient impossible. Sans doute, les idéalistes ont tort, et seuls les matérialistes ont raison. Oui, les faits priment les idées, oui, l'idéal, comme l'a dit Proudhon, n'est qu'une fleur dont les conditions matérielles d'existence constituent la racine. Oui, toute l'histoire intellectuelle et morale, politique et sociale de l'humanité est un reflet de son histoire économique. Toutes les branches de la science moderne, consciencieuse et sérieuse, convergent à proclamer cette mande, cette fondamentale et cette décisive vérité : oui, le monde social, le monde proprement humain, l'humanité en un mot, n'est autre chose que le développement dernier et suprême – suprême pour nous au moins et relativement à notre planète –, la manifestation la plus haute de l'animalité.

Mais comme tout développement implique nécessairement une négation, celle de la base ou du point de départ, l'humanité est en même temps et essentiellement la négation réfléchie et progressive de l'animalité dans les hommes ; et c'est précisément cette négation aussi rationnelle que naturelle, et qui n'est rationnelle que parce qu'elle est naturelle, à la fois historique et logique, fatale comme le sont les développements et les réalisations de toutes les lois naturelles dans le monde – c'est elle qui constitue et qui crée l'idéal, le monde des convictions intellectuelles et morales, les idées. Oui, nos premiers ancêtres, nos Adams et nos Èves, furent, sinon des gorilles, au moins des cousins très proches du gorille, des omnivores, des bêtes intelligentes et féroces, douées, à un degré infiniment plus grand que les animaux de toutes les autres espèces, de deux facultés précieuses : la faculté de penser et la faculté, le besoin de se révolter. Ces deux facultés, combinant leur action progressive dans l'histoire, représentent proprement le moment, le côté, la puissance négative dans le développement positif de l'animalité humaine, et créent par conséquent tout ce qui constitue l'humanité dans les hommes. La Bible, qui est un livre très intéressant et parfois très profond, lorsqu'on le considère comme l'une des plus anciennes manifestations, parvenues jusqu'à nous, de la sagesse et de la fantaisie humaines, exprime cette vérité d'une manière fort naïve dans son mythe du péché originel. Jéhovah, qui, de tous les dieux qui ont jamais été adorés par les hommes, est certainement le plus jaloux, le plus vaniteux, le plus féroce, le plus injuste, le plus sanguinaire, le plus despote et le plus ennemi de la dignité et de la liberté humaines, ayant créé Adam et Ève, par on ne sait quel caprice, sans doute pour tromper son ennui qui doit être terrible dans son éternellement égoïste solitude, ou pour se donner des esclaves nouveaux, avait mis généreusement à leur disposition toute la terre, avec tous les fruits et tous les animaux de la terre, et il n'avait posé à cette complète jouissance qu'une seule limite.

Il leur avait expressément défendu de toucher aux fruits de l'arbre de la science. Il voulait donc que l'homme, privé de toute conscience de lui-même, restât une bête, toujours à quatre pattes devant le Dieu éternel, son Créateur et son Maître. Mais voici que vient Satan, l'éternel révolté, le premier libre penseur et l'émancipateur des mondes. Il fait honte à l'homme de son ignorance et de son obéissance bestiale ; il l'émancipe et imprime sur son front le sceau de la liberté et de l'humanité en le poussant à désobéir et à manger du fruit de la science. On sait le reste. Le bon Dieu, dont la prescience, qui constitue une de ses divines facultés, aurait dû pourtant l'avertir de ce qui devait arriver, se mit dans une terrible et ridicule fureur : il maudit Satan, l'homme et le monde créés par lui-même, se frappant pour ainsi dire lui-même dans sa création propre, comme font les enfants lorsqu'ils se mettent en colère ; et, non content de frapper nos ancêtres dans le présent, il les maudit dans toutes les générations à venir, innocentes du crime commis par leurs ancêtres. Nos théologiens catholiques et protestants trouvent cela très profond et très juste, précisément parce que c'est monstrueusement inique et absurde ! Puis, se rappelant qu'il n'était pas seulement un Dieu de vengeance et de colère, mais encore un Dieu d'amour, après avoir tourmenté l'existence de quelques milliards de pauvres êtres humains et les avoir condamnés à un enfer éternel, il eut pitié du reste, et, pour le sauver, pour réconcilier son amour éternel et divin avec sa colère éternelle et divine, toujours avide de victimes et de sang, il envoya au monde, comme une victime expiatoire, son fils unique, afin qu'il fût tué par les hommes. Cela s'appelle le mystère de la Rédemption, base de toutes les religions chrétiennes. Et encore si le divin Sauveur avait sauvé le monde humain ! Mais non ; dans le Paradis promis par le Christ, on le sait, puisque c'est formellement annoncé, il n'y aura que fort peu d'élus.

Le reste, l'immense majorité des générations présentes et à venir, grillera éternellement dans l'Enfer. En attendant, pour nous consoler, Dieu, toujours juste, toujours bon, livre la terre au gouvernement des Napoléon III, des Guillaume 1er, des Ferdinand d'Autriche et des Alexandre de toutes les Russies. Tels sont les contes absurdes qu'on raconte et telles sont les doctrines monstrueuses qu'on enseigne, en plein XIXe siècle, dans toutes les écoles populaires de l'Europe, sur l'ordre exprès des gouvernements. On appelle cela civiliser les peuples ! N'est-il pas évident que tous ces gouvernements sont les empoisonneurs systématiques, les abêtisseurs intéressés des masses populaires ? Je me suis laissé entraîner loin de mon sujet par la colère qui s'empare de moi toutes les fois que je pense aux ignobles et criminels moyens qu'on emploie pour retenir les nations dans un esclavage éternel, afin de pouvoir mieux les tondre, sans doute. Que sont les crimes de tous les Troppmann du monde, en présence de ce crime de lèse-humanité qui se commet journellement, au grand jour, sur toute la surface du monde civilisé, par ceux-là mêmes qui osent s'appeler les tuteurs et les pères des peuples ? Je reviens au mythe du péché originel. Dieu donna raison à Satan et reconnut que Satan n'avait pas trompé Adam et Ève en leur promettant la science et la liberté, comme récompense de l'acte de désobéissance qu'il les avait induits à commettre : car aussitôt qu'ils eurent mangé du fruit défendu Dieu se dit en lui-même (voir la Bible) : « Voilà que l'homme est devenu comme l'un de Nous, il sait le bien et le mal ; empêchons-le donc de manger du fruit de la vie éternelle, afin qu'il ne devienne pas immortel comme Nous. » Laissons maintenant de côté la partie fabuleuse de ce mythe et considérons-en le vrai sens.

Le sens en est très clair. L'homme s'est émancipé, il s'est séparé de l'animalité et s'est constitué comme homme : il a commencé son histoire et son développement proprement humain par un acte de désobéissance et de science, c'est-à-dire par la révolte et par la pensée.

Le système des idéalistes nous présente tout à fait le contraire. C'est le renversement absolu de toutes les expériences humaines et de ce bon sens universel et commun qui est la condition essentielle de toute entente humaine et qui, en s'élevant de cette vérité si simple et si unanimement reconnue, que deux fois deux font quatre jusqu'aux considérations scientifiques les plus sublimes et les plus compliquées, n'admettant d'ailleurs jamais rien qui ne soit sévèrement confirmé par l'expérience ou par l'observation des choses et des faits, constitue la seule base sérieuse des connaissances humaines. On conçoit parfaitement le développement successif du monde matériel, aussi bien que de la vie organique, animale, et de l'intelligence historiquement progressive, tant individuelle que sociale, de l'homme, dans ce monde. C'est un mouvement tout à fait naturel du simple au composé, de bas en haut ou de l'inférieur au supérieur ; un mouvement conforme à toutes nos expériences journalières, et par conséquent conforme aussi à notre logique naturelle, aux propres lois de notre esprit qui, ne se formant jamais et ne pouvant se développer qu'à l'aide de ces mêmes expériences, n'en est pour ainsi dire rien que la reproduction mentale, cérébrale, ou le résumé réfléchi. Au lieu de suivre la voie naturelle de bas en haut, de l'inférieur au supérieur, et du relativement simple au plus compliqué ; au lieu d'accompagner sagement, rationnellement, le mouvement progressif et réel du monde appelé inorganique au monde organique, végétal, et puis animal, et puis spécialement humain ; de la matière ou de l'être chimique à la matière ou à l'être vivant, et de l'être vivant à l'être pensant, les penseurs idéalistes, obsédés, aveuglés et poussés par le fantôme divin qu'ils ont hérité de la théologie, prennent la voie absolument contraire.

Ils vont de haut en bas, du supérieur à l'inférieur, du compliqué au simple.

Ils commencent par Dieu, soit comme personne, soit comme substance ou idée divine, et le premier pas qu'ils font est une terrible dégringolade des hauteurs sublimes de l'éternel idéal dans la fange du monde matériel ; de la perfection absolue dans l'imperfection absolue ; de la pensée à l'Être, ou plutôt de l'Être suprême dans le Néant. Quand, comment et pourquoi l'Être divin, éternel, infini, le Parfait absolu, probablement ennuyé de lui-même, s'est-il décidé à ce salto mortale désespéré, voilà ce qu'aucun idéaliste, ni théologien, ni métaphysicien, ni poète, n'a jamais su ni comprendre lui-même, ni expliquer aux profanes. Toutes les religions passées et présentes et tous les systèmes de philosophie transcendants roulent sur cet unique et inique mystère. De saints hommes, des législateurs inspirés, des prophètes, des Messies y ont cherché la vie, et n'y ont trouvé que la torture et la mort. Comme le sphinx antique, il les a dévorés, parce qu'ils n'ont pas su l'expliquer. De grands philosophes, depuis Héraclite et Platon jusqu'à Descartes, Spinoza, Leibniz, Kant, Fichte, Schelling et Hegel, sans parler des philosophes indiens, ont écrit des tas de volumes et ont créé des systèmes aussi ingénieux que sublimes dans lesquels ils ont dit en passant beaucoup de belles et de grandes choses et découvert des vérités immortelles, mais qui ont laissé ce mystère, objet principal de leurs investigations transcendantes, aussi insondable qu'il l'avait été avant eux. Mais, puisque les efforts gigantesques des plus admirables génies que le monde connaisse, et qui, l'un après l'autre pendant trente siècles au moins, ayant entrepris toujours de nouveau ce travail de Sisyphe, n'ont abouti qu'à rendre ce mystère plus incompréhensible encore, pouvons-nous espérer qu'il nous sera dévoilé, aujourd'hui, par les spéculations routinières de quelque disciple pédant d'une métaphysique artificiellement réchauffée, et cela à une époque où tous les esprits vivants et sérieux se sont détournés de cette science équivoque, issue d'une transaction, historiquement explicable sans doute, entre la déraison de la foi et la saine raison scientifique ?

Il est évident que ce terrible mystère est inexplicable, c'est-à-dire qu'il est absurde, parce que l'absurde seul ne se laisse point expliquer. Il est évident que quiconque en a besoin pour son bonheur, pour sa vie, doit renoncer à sa raison, et, retournant s'il le peut à la foi naïve, aveugle, stupide, répéter, avec Tertullien et avec tous les croyants sincères, ces paroles qui résument la quintessence même de la théologie : « Je crois en ce qui est absurde. » Alors toute discussion cesse, et il ne reste plus que la stupidité triomphante de la foi. Mais alors s'élève aussitôt une autre question : Comment peut naître dans un homme intelligent et instruit le besoin de croire en ce mystère ? Que la croyance en Dieu, créateur, ordonnateur, juge, maître, maudisseur, sauveur et bienfaiteur du monde, se soit conservée dans le peuple, et surtout dans les populations rurales, beaucoup plus encore que dans le prolétariat des villes, rien de plus naturel. Le peuple, malheureusement, est encore très ignorant, et maintenu dans cette ignorance par les efforts systématiques de tous les gouvernements, qui la considèrent, non sans beaucoup de raison, comme l'une des conditions les plus essentielles de leur propre puissance. Écrasé par son travail quotidien, privé de loisir, de commerce intellectuel, de lecture, enfin de presque tous les moyens et d'une bonne partie des stimulants qui développent la réflexion dans les hommes, le peuple accepte le plus souvent sans critique et en bloc les traditions religieuses qui, l'enveloppant dès le plus jeune âge dans toutes les circonstances de sa vie, et artificiellement entretenues en son sein par une foule d'empoisonneurs officiels de toute espèce, prêtres et laïques, se transforment chez lui en une sorte d'habitude mentale et morale, trop souvent plus puissante même que son bon sens naturel.

Il est une autre raison qui explique et qui légitime en quelque sorte les croyances absurdes du peuple. Cette raison, c'est la situation misérable à laquelle il se trouve fatalement condamné par l'organisation économique de la société, dans les pays les plus civilisés de l'Europe. Réduit, sous le rapport intellectuel et moral aussi bien que sous le rapport matériel, au minimum d'une existence humaine, enfermé dans sa vie comme un prisonnier dans sa prison, sans horizon, sans issue, sans avenir même, si l'on en croit les économistes, le peuple devrait avoir l'âme singulièrement étroite et l'instinct aplati des bourgeois pour ne point éprouver le besoin d'en sortir ; mais pour cela il n'a que trois moyens, dont deux fantastiques, et le troisième réel. Les deux premiers, c'est le cabaret et l'église, la débauche du corps ou la débauche de l'esprit ; le troisième, c'est la révolution sociale. D'où je conclus que cette dernière seule, beaucoup plus, au moins, que toutes les propagandes théoriques des libres penseurs, sera capable de détruire jusqu'aux dernières traces des croyances religieuses et des habitudes débauchées dans le peuple, croyances et habitudes qui sont plus intimement liées qu'on ne le pense ; et que, en substituant aux jouissances à la fois illusoires et brutales de ce dévergondage corporel et spirituel, les jouissances aussi délicates que réelles de l'humanité pleinement accomplie dans chacun et dans tous, la révolution sociale seule aura la puissance de fermer en même temps tous les cabarets et toutes les églises. Jusque-là le peuple, pris en masse, croira, et, s'il n'a pas raison de croire, il en aura au moins le droit. Il est une catégorie de gens qui, s'ils ne croient pas, doivent au moins faire semblant de croire.

Ce sont tous les tourmenteurs, tous les oppresseurs et tous les exploiteurs de l'humanité. Prêtres, monarques, hommes d'État, hommes de guerre, financiers publics et privés, fonctionnaires de toutes sortes, policiers, gendarmes, geôliers et bourreaux, monopoleurs capitalistes, pressureurs, entrepreneurs et propriétaires, avocats, économistes, politiciens de toutes les couleurs, jusqu'au dernier vendeur d'épices, tous répéteront à l'unisson ces paroles de

Voltaire : « Si Dieu n'existait pas, il faudrait l'inventer. » Car, vous comprenez, il faut une religion pour le peuple. C'est la soupape de sûreté. Il existe enfin une catégorie assez nombreuse d'âmes honnêtes mais faibles qui, trop intelligentes pour prendre les dogmes chrétiens au sérieux, les rejettent en détail, mais n'ont pas le courage, ni la force, ni la résolution nécessaires pour les repousser en gros. Elles abandonnent à votre critique toutes les absurdités particulières de la religion, elles font fi de tous les miracles, mais elles se cramponnent avec désespoir à l'absurdité principale, source de toutes les autres, au miracle qui explique et légitime tous les autres miracles, à l'existence de Dieu. Leur Dieu n'est point l'Être vigoureux et puissant, le Dieu brutalement positif de la théologie. C'est un Être nébuleux, diaphane, illusoire, tellement illusoire que, quand on croit le saisir, il se transforme en Néant : c'est un mirage, un feu follet qui ne réchauffe ni n'éclaire. Et pourtant ils y tiennent, et ils croient que s'il allait disparaître, tout disparaîtrait avec lui. Ce sont des âmes incertaines, maladives, désorientées dans la civilisation actuelle, n'appartenant ni au présent ni à l'avenir, de pâles fantômes éternellement suspendus entre le ciel et la terre, et occupant entre la politique bourgeoise et le socialisme du prolétariat absolument la même position.

Ils ne se sentent la force ni de penser jusqu'à la fin, ni de vouloir, ni de se résoudre et ils perdent leur temps et leur peine en s'efforçant toujours de concilier l'inconciliable. Dans la vie publique, ils s'appellent les socialistes bourgeois.

Aucune discussion avec eux, ni contre eux, n'est possible. Ils sont trop malades.

Mais il est un petit nombre d'hommes illustres, dont aucun n'osera parler sans respect, et dont nul ne songera à mettre en doute ni la santé vigoureuse, ni la force d'esprit, ni la bonne foi. Qu'il me suffise de citer les noms de Mazzini, de Michelet, de Quinet, de John Stuart Mill. Âmes généreuses et fortes, grands cœurs, grands esprits, grands écrivains, et, le premier, restaurateur héroïque et révolutionnaire d'une grande nation, ils sont tous les apôtres de l'idéalisme et les contempteurs, les adversaires passionnés du matérialisme, et par conséquent aussi du socialisme, en philosophie aussi bien qu'en politique. C'est donc contre eux qu'il faut discuter cette question. Constatons d'abord qu'aucun des hommes illustres que je viens de nommer, ni aucun autre penseur idéaliste quelque peu important de nos jours, ne s'est occupé proprement de la partie logique de cette question. Aucun n'a essayé de résoudre philosophiquement la possibilité du salto mortale divin des régions éternelles et pures de l'esprit dans la fange du monde matériel. Ont-ils craint d'aborder cette insoluble contradiction et désespéré de la résoudre, après que les plus grands génies de l'histoire y ont échoué, ou bien l'ont-ils considérée comme déjà suffisamment résolue ? C'est leur secret. Le fait est qu'ils ont laissé de côté la démonstration théorique de l'existence d'un Dieu, et qu'ils n'en ont développé que les raisons et les conséquences pratiques. Ils en ont parlé tous comme d'un fait universellement accepté, et, comme tel, ne pouvant plus devenir l'objet d'un doute quelconque, se sont bornés, pour toute preuve, à constater l'antiquité et cette universalité même de la croyance en Dieu. Cette unanimité imposante, selon l'avis de beaucoup d'hommes et d'écrivains illustres, et, pour ne citer que les plus renommés d'entre eux, selon l'opinion éloquemment exprimée de Joseph de Maistre et du grand patriote italien Giuseppe Mazzini, vaut plus que toutes les démonstrations de la science : et si la logique d'un petit nombre de penseurs conséquents et même très puissants, mais isolés, lui est contraire, tant pis, disent-ils, pour ces penseurs et pour leur logique, car le consentement universel, l'adoption universelle et antique d'une idée ont été considérés de tout temps comme la preuve la plus victorieuse de sa vérité.

Le sentiment de tout le monde, une conviction qui se retrouve et se maintient toujours et partout ne sauraient se tromper. Ils doivent avoir leur racine dans une nécessité absolument inhérente à la nature même de l'homme. Et puisqu'il a été constaté que tous les peuples passés et présents ont cru et croient à l'existence de Dieu, il est évident que ceux qui ont le malheur d'en douter, quelle que soit la logique qui les a entraînés dans ce doute, sont des exceptions anormales, des monstres. Ainsi donc, l'antiquité et l'universalité d'une croyance seraient, contre toute science et contre toute logique une preuve suffisante et irrécusable de sa vérité. Et pourquoi ? Jusqu'au siècle de Galilée et de Copernic, tout le monde avait cru que le Soleil tournait autour de la Terre. Tout le monde ne s'était-il pas trompé ? Qu'y a-t-il de plus antique et de plus universel que l'esclavage ? L'anthropophagie, peut-être. Dès l'origine de la société historique jusqu'à nos jours, il y a eu toujours et partout exploitation du travail forcé des masses, esclaves, serves ou salariées, par quelque minorité dominante ; oppression des peuples par l'Église et par l'État. Faut-il en conclure que cette exploitation et cette oppression sont des nécessités absolument inhérentes à l'existence même de la société humaine ? Voilà des exemples qui prouvent que l'argumentation des avocats du bon Dieu ne prouve rien. Rien n'est, en effet, ni aussi universel ni aussi antique que l'inique et l'absurde, et c'est au contraire la vérité, la justice qui, dans le développement des sociétés humaines, sont les moins universelles, les plus jeunes ; ce qui explique aussi le phénomène historique constant des persécutions inouïes dont leurs proclamateurs premiers ont été et continuent d'être toujours les objets de la part des représentants officiels, patentés et intéressés des croyances universelles et antiques, et souvent de la part de ces mêmes masses populaires, qui, après les avoir bien tourmentés, finissent toujours par adopter et par faire triompher leurs idées.

Pour nous, matérialistes et socialistes révolutionnaires, il n'est rien qui nous étonne ni nous effraie dans ce phénomène historique. Forts de notre conscience, de notre amour pour la vérité quand même, de cette passion logique qui constitue à elle seule une grande puissance, et en dehors de laquelle il n'est point de pensée ; forts de notre passion pour la justice et de notre foi inébranlable dans le triomphe de l'humanité sur toutes les bestialités théoriques et pratiques ; forts enfin de la confiance et de l'appui mutuels que se donnent le petit nombre de ceux qui partagent nos convictions, nous nous résignons pour nous-mêmes à toutes les conséquences de ce phénomène historique, dans lequel nous voyons la manifestation d'une loi sociale aussi naturelle, aussi nécessaire et aussi invariable que toutes les autres lois qui gouvernent le monde. Cette loi est une conséquence logique, inévitable, de l'origine animale de la société humaine, et au regard de toutes les preuves scientifiques, physiologiques, psychologiques, historiques qui se sont accumulées de nos jours, aussi bien qu'au regard des exploits des Allemands, conquérants de la France, qui en donnent aujourd'hui une démonstration aussi éclatante, il n'est plus possible vraiment d'en douter. Mais du moment qu'on accepte cette origine animale de l'homme, tout s'explique. Toute l'histoire nous apparaît alors comme la négation révolutionnaire, tantôt lente, apathique, endormie, tantôt passionnée et puissante, du passé. Elle consiste précisément dans la négation progressive de l'animalité première de l'homme par le développement de son humanité.

L'homme, bête féroce, cousin du gorille, est parti de la nuit profonde de l'instinct animal pour arriver à la lumière de l'esprit, ce qui explique d'une manière tout à fait naturelle toutes ses divagations passées, et nous console en partie de ses erreurs présentes. Il est parti de l'esclavage animal, et, traversant l'esclavage divin, terme transitoire entre son animalité et son humanité, il marche aujourd'hui à la conquête et à la réalisation de son humaine liberté. D'où il résulte que l'antiquité d'une croyance, d'une idée, loin de prouver quelque chose en sa faveur, doit au contraire nous la rendre suspecte. Car derrière nous est notre animalité et devant nous notre humanité, et la lumière humaine, la seule qui puisse nous réchauffer et nous éclairer, la seule qui puisse nous émanciper, nous rendre dignes, libres, heureux, et réaliser la fraternité parmi nous, n'est jamais au début, mais, relativement à l'époque où l'on vit, toujours à la fin de l'histoire. Ne regardons donc jamais en arrière, regardons toujours en avant, car en avant sont notre soleil et notre salut ; et s'il nous est permis, s'il est même utile, nécessaire, de nous retourner, en vue de l'étude de notre passé, ce n'est que pour constater ce que nous avons été et ce que nous ne devons plus être, ce que nous avons cru et pensé, et ce que nous ne devons plus ni croire ni penser, ce que nous avons fait et ce que nous ne devons plus jamais faire. Voilà pour l'antiquité. Quant à l'universalité d'une erreur, elle ne prouve qu'une chose : la similitude, sinon la parfaite identité, de la nature humaine dans tous les temps et sous tous les climats. Et, puisqu'il est constaté que tous les peuples, à toutes les époques de leur vie, ont cru et croient encore en Dieu, nous devons en conclure simplement que l'idée divine, issue de nous-mêmes, est une erreur historiquement nécessaire dans le développement de l'humanité, et nous demander pourquoi et comment elle s'est produite dans l'histoire, pourquoi l'immense majorité de l'espèce humaine l'accepte encore aujourd'hui comme une vérité.

Tant que nous ne saurons pas nous rendre compte de la manière dont l'idée d'un monde surnaturel ou divin s'est produite et a dû fatalement se produire dans le développement historique de la conscience humaine, nous aurons beau être scientifiquement convaincus de l'absurdité de cette idée, nous ne parviendrons jamais à la détruire dans l'opinion de la majorité ; parce que nous ne saurons jamais l'attaquer dans les profondeurs mêmes de l'être humain, où elle a pris naissance, et, condamnés à une lutte stérile, sans issue et sans fin, nous devrons toujours nous contenter de la combattre seulement à la surface, dans ses innombrables manifestations, dont l'absurdité, a peine abattue par les coups du bon sens, renaîtra aussitôt sous une forme nouvelle et non moins insensée. Tant que la racine de toutes les absurdités qui tourmentent le monde, la croyance en Dieu, restera intacte, elle ne manquera jamais de pousser des rejetons nouveaux. C'est ainsi que de nos jours, dans certaines régions de la plus haute société, le spiritisme tend à s'installer sur les ruines du christianisme. Ce n'est pas seulement dans l'intérêt des masses, c'est dans celui de la santé de notre propre esprit que nous devons nous efforcer de comprendre la genèse historique, la succession des causes qui ont développé et produit l'idée de Dieu dans la conscience des hommes. Car nous aurons beau nous dire et nous croire athées : tant que nous n'aurons pas compris ces causes, nous nous laisserons toujours plus ou moins dominer par les clameurs de cette conscience universelle dont nous n'aurons pas surpris le secret ; et, vu la faiblesse naturelle de l'individu même le plus fort contre l'influence toute-puissante du milieu social qui l'entoure, nous courrons toujours le risque de retomber tôt ou tard, et d'une manière ou d'une autre, dans l'abîme de l'absurdité religieuse.

Les exemples de ces conversions honteuses sont fréquents dans la société actuelle. J'ai dit la raison pratique principale de la puissance exercée encore aujourd'hui par les croyances religieuses sur les masses. Ces dispositions mystiques ne dénotent pas tant, chez elles, une aberration de l'esprit qu'un profond mécontentement du cœur. C'est la protestation instinctive et passionnée de l'être humain contre les étroitesses, les platitudes, les douleurs et les hontes d'une existence misérable. Contre cette maladie, ai-je dit, il n'est qu'un seul remède : c'est la Révolution sociale. En d'autres écrits, j'ai tâché d'exposer les causes qui ont présidé à la naissance et au développement historique des hallucinations religieuses dans la conscience de l'homme. Ici, je ne veux traiter cette question de l'existence d'un Dieu, ou de l'origine divine du monde et de l'homme, qu'au point de vue de son utilité morale et sociale, et je ne dirai, sur la raison théorique de cette croyance, que peu de mots seulement, afin de mieux expliquer ma pensée. Toutes les religions, avec leurs dieux, leurs demi-dieux, et leurs prophètes, leurs messies et leurs saints, ont été créées par la fantaisie crédule des hommes, non encore arrivés au plein développement et à la pleine possession de leurs facultés intellectuelles ; en conséquence de quoi le ciel religieux n'est autre chose qu'un mirage où l'homme, exalté par l'ignorance et la foi, retrouve sa propre image, mais agrandie et renversée, c'est-à-dire divinisée. L'histoire des religions, celle de la naissance, de la grandeur et de la décadence des dieux qui se sont succédé dans la croyance humaine, n'est donc rien que le développement de l'intelligence et de la conscience collective des hommes.

À mesure que, dans leur marche historiquement progressive, ils découvraient, soit en eux-mêmes, soit dans la nature extérieure, une force, une qualité ou même un grand défaut quelconques, ils les attribuaient à leurs dieux, après les avoir exagérés, élargis outre mesure, comme le font ordinairement les enfants, par un acte de leur fantaisie religieuse. Grâce à cette modestie et à cette pieuse générosité des hommes croyants et crédules, le ciel s'est enrichi des dépouilles de la terre, et, par une conséquence nécessaire, plus le ciel devenait riche et plus l'humanité, plus la terre devenaient misérables. Une fois la divinité installée, elle fut naturellement proclamée la cause, la raison, l'arbitre et le dispensateur absolu de toutes choses : le monde ne fut plus rien, elle fut tout ; et l'homme, son vrai créateur, après l'avoir tirée du néant à son insu, s'agenouilla devant elle, l'adora et se proclama sa créature et son esclave. Le christianisme est précisément la religion par excellence parce qu'il expose et manifeste, dans sa plénitude, la nature, la propre essence de tout système religieux, qui est l'appauvrissement, l'asservissement et l'anéantissement de l'humanité au profit de la Divinité. Dieu étant tout, le monde réel et l'homme ne sont rien. Dieu étant la vérité, la justice, le bien, le beau, la puissance et la vie, l'homme est le mensonge, l'iniquité, le mal, la laideur, l'impuissance et la mort.

Dieu étant le maître, l'homme est l'esclave. Incapable de trouver par lui-même la justice, la vérité et la vie éternelle, il ne peut y arriver qu'au moyen d'une révélation divine. Mais qui dit révélation, dit révélateurs, messies, prophètes, prêtres et législateurs inspirés par Dieu même ; et ceux-là une fois reconnus comme les représentants de la Divinité sur la terre, comme les saints instituteurs de l'humanité, élus par Dieu même pour la diriger dans la voie du salut, ils doivent nécessairement exercer un pouvoir absolu.

Tous les hommes leur doivent une obéissance illimitée et passive, car contre la Raison divine il n'y a point de raison humaine, et contre la Justice de Dieu il n'y a point de justice terrestre qui tienne. Esclaves de Dieu, les hommes doivent l'être aussi de l'Église et de l'État en tant que ce dernier est consacré par l'Église. Voilà ce que, de toutes les religions qui existent ou qui ont existé, le christianisme a mieux compris que les autres, sans excepter même les antiques religions orientales, qui d'ailleurs n'ont embrassé que des peuples distincts et privilégiés, tandis que le christianisme a la prétention d'embrasser l'humanité tout entière ; et voilà ce que, de toutes les sectes chrétiennes, le catholicisme romain a seul proclamé et réalisé avec une conséquence rigoureuse. C'est pourquoi le christianisme est la religion absolue, la dernière religion ; et pourquoi l'Église apostolique et romaine est la seule conséquente, légitime et divine. N'en déplaise donc aux métaphysiciens et aux idéalistes religieux, philosophes, politiciens ou poètes : l'idée de Dieu implique l'abdication de la raison et de la justice humaines, elle est la négation la plus décisive de l'humaine liberté et aboutit nécessairement à l'esclavage des hommes, tant en théorie qu'en pratique. À moins donc de vouloir l'esclavage et l'avilissement des hommes, comme le veulent les jésuites, comme le veulent les momiers, les piétistes ou les méthodistes protestants, nous ne pouvons, nous ne devons faire la moindre concession ni au Dieu de la théologie ni à celui de la métaphysique. Car dans cet alphabet mystique, qui commence par dire : « A devra fatalement finir par dire Z », qui veut adorer Dieu doit, sans se faire de puériles illusions, renoncer bravement à sa liberté et à son humanité.

Si Dieu est, l'homme est esclave ; or l'homme peut, doit être libre, donc Dieu n'existe pas. Je défie qui que ce soit de sortir de ce cercle ; et maintenant, qu'on choisisse. Est-il besoin de rappeler combien et comment les religions abêtissent et corrompent les peuples ? Elles tuent en eux la raison, ce principal instrument de l'émancipation humaine, et les réduisent à l'imbécillité, condition essentielle de leur esclavage. Elles déshonorent le travail humain et en font un signe et une source de servitude. Elles tuent la notion et le sentiment de la justice humaine dans leur sein, faisant toujours pencher la balance du côté des coquins triomphants, objets privilégiés de la grâce divine. Elles tuent l'humaine fierté et l'humaine dignité, ne protégeant que les rampants et les humbles. Elles étouffent dans le cœur des peuples tout sentiment d'humaine fraternité en le remplissant de divine cruauté. Toutes les religions sont cruelles, toutes sont fondées sur le sang, car toutes reposent principalement sur l'idée du sacrifice, c'est-à-dire sur l'immolation perpétuelle de l'humanité à l'inextinguible vengeance de la Divinité. Dans ce sanglant mystère, l'homme est toujours la victime, et le prêtre, homme aussi mais homme privilégié par la grâce, est le divin bourreau. Cela nous explique pourquoi les prêtres de toutes les religions, les meilleurs, les plus humains. les plus doux, ont presque toujours dans le fond de leur cœur – et, sinon dans le cœur, dans leur imagination, dans l'esprit – quelque chose de cruel et de sanguinaire. Tout cela, nos illustres idéalistes contemporains le savent mieux que personne. Ce sont des hommes savants qui savent leur histoire par cœur, et comme ils sont en même temps des hommes vivants, de grandes âmes pénétrées d'un amour sincère et profond pour le bien de l'humanité, ils ont maudit et flétri tous ces méfaits, tous ces crimes de la religion avec une éloquence sans pareille.

Ils repoussent avec indignation toute solidarité avec le Dieu des religions positives et avec ses représentants passés et présents sur la terre. Le Dieu qu'ils adorent ou qu'ils croient adorer se distingue précisément des dieux réels de l'histoire, en ce qu'il n'est pas du tout un Dieu positif, ni déterminé de quelque manière que ce soit, ni théologiquement. ni même métaphysiquement. Ce n'est ni l'Être suprême de Robespierre et de Jean-Jacques Rousseau, ni le Dieu panthéiste de Spinoza, ni même le Dieu à la fois immanent et transcendant et fort équivoque de Hegel. Ils prennent bien garde de lui donner une détermination positive quelconque, sentant fort bien que toute détermination le soumettrait à l'action dissolvante de la critique. Ils ne diront pas de lui s'il est un Dieu personnel ou impersonnel, s'il a créé ou s'il n'a pas créé le monde ; ils ne parleront même pas de sa divine providence. Tout cela pourrait le compromettre. Ils se contenteront de dire : Dieu, et rien de plus. Mais alors qu'est-ce que leur Dieu ? Ce n'est pas un être, ce n'est pas même une idée, c'est une aspiration. C'est le nom générique de tout ce qui leur paraît grand, bon, beau, noble, humain. Mais pourquoi ne disent-ils pas alors : l'Homme ? Ah ! c'est que le roi Guillaume de Prusse et Napoléon III et tous leurs pareils sont également des hommes ; et voilà ce qui les embarrasse beaucoup. L'humanité réelle nous présente l'assemblage de tout ce qu'il y a de plus sublime, de plus beau, et de tout ce qu'il y a de plus vil et de plus monstrueux dans le monde. Comment s'en tirer ! Alors, ils appellent l'un, divin, et l'autre, bestial, en se représentant la divinité et l'animalité comme deux pôles entre lesquels ils placent l'humanité. Ils ne veulent ou ne peuvent pas comprendre que ces trois termes n'en forment qu'un, et que, si on les sépare, on les détruit.

Ils ne sont pas forts en logique, et on dirait qu'ils la méprisent. C'est là ce qui les distingue des métaphysiciens panthéistes et déistes, et ce qui imprime à leurs idées le caractère d'un idéalisme pratique, puisant ses inspirations beaucoup moins dans le développement sévère d'une pensée que dans les expériences, je dirai presque dans les émotions, tant historiques et collectives qu'individuelles, de la vie. Cela donne à leur propagande une apparence de richesse et de puissance vitale, mais une apparence seulement, car la vie elle-même devient stérile lorsqu'elle est paralysée par une contradiction logique. Cette contradiction est celle-ci : ils veulent Dieu et ils veulent l'humanité. Ils s'obstinent à mettre ensemble deux termes qui, une fois séparés, ne peuvent plus se rencontrer que pour s'entre-détruire. Ils disent d'une seule haleine :

Dieu, et la liberté de l'homme ; Dieu, et la dignité et la justice et l'égalité et la fraternité et la prospérité des hommes – sans se soucier de la logique fatale conformément à laquelle, si Dieu existe, tout cela est condamné à la non-existence. Car si Dieu est, il est nécessairement le Maître éternel, suprême, absolu, et si ce Maître existe, l'homme est esclave ; mais s'il est esclave, il n'y a pour lui ni justice, ni égalité, ni fraternité, ni prospérité possibles. Ils auront beau, contrairement au bon sens et à toutes les expériences de l'histoire, se représenter leur Dieu animé du plus tendre amour pour la liberté humaine, un maître, quoi qu'il fasse et quelque libéral qu'il veuille se montrer, n'en reste pas moins toujours un maître, et son existence implique nécessairement l'esclavage de tout ce qui se trouve au-dessous de lui. Donc, si Dieu existait, il n'y aurait pour lui qu'un seul moyen de servir la liberté humaine, ce serait de cesser d'exister.

Amoureux et jaloux de la liberté humaine, et la considérant comme la condition absolue de tout ce que nous adorons et respectons dans l'humanité, je retourne la phrase de Voltaire, et je dis : Si Dieu existait réellement, il faudrait le faire disparaître. La sévère logique qui me dicte ces paroles est par trop évidente pour que j'aie besoin de la développer davantage. Et il me paraît impossible que les hommes illustres dont j'ai cité les noms, si célèbres et si justement respectés, n'en aient pas été frappés eux-mêmes, et qu'ils n'aient point aperçu la contradiction dans laquelle ils tombent en parlant de Dieu et de la liberté humaine à la fois. Pour qu'ils aient passé outre, il a donc fallu qu'ils aient pensé que cette inconséquence ou que ce passe-droit logique était pratiquement nécessaire pour le bien même de l'humanité. Lois naturelles et principe d'autorité Peut-être aussi, tout en parlant de la liberté comme d'une chose qui leur est bien respectable et bien chère, la comprennent-ils tout à fait autrement que nous ne la comprenons, nous autres matérialistes et socialistes révolutionnaires. En effet, ils n'en parlent jamais sans y ajouter aussitôt un autre mot, celui d'autorité, un mot et une chose que nous détestons de toute la force de nos cœurs. Qu'est-ce que l'autorité ? Est-ce la puissance inévitable des lois naturelles qui se manifestent dans l'enchaînement et dans la succession fatale des phénomènes tant du monde physique que du monde social ? En effet, contre ces lois, la révolte est non seulement défendue, mais elle est encore impossible. Nous pouvons les méconnaître ou ne point encore les connaître, mais nous ne pouvons pas leur désobéir, parce qu'elles constituent la base et les conditions mêmes de notre existence ; elles nous enveloppent, nous pénètrent, règlent tous nos mouvements, nos pensées et nos actes ; de sorte qu'alors même que nous croyons leur désobéir, nous ne faisons autre chose que manifester leur toute-puissance.

Oui, nous sommes absolument les esclaves de ces lois. Mais il n'y a rien d'humiliant dans cet esclavage, ou plutôt ce n'est pas même l'esclavage. Car l'esclavage suppose un maître extérieur, un législateur qui se trouve en dehors de celui auquel il commande, tandis que ces lois ne sont pas en dehors de nous : elles nous sont inhérentes, elles constituent notre être tout notre être, tant corporel qu'intellectuel et moral : nous ne vivons, nous ne respirons, nous n'agissons nous ne pensons, nous ne voulons que par elles. En dehors d'elles, nous ne sommes rien, nous ne sommes pas. D'où nous viendrait donc le pouvoir et le vouloir de nous révolter contre elles ? Vis-à-vis des lois naturelles, il n'est pour l'homme qu'une seule liberté possible, c'est de les reconnaître et de les appliquer toujours davantage, conformément au but d'émancipation ou d'humanisation tant collective qu'individuelle qu'il poursuit, à l'organisation de son existence matérielle et sociale. Ces lois, une fois reconnues, exercent une autorité qui n'est jamais discutée par la masse des hommes. Il faut, par exemple, être un fou ou un théologien, ou pour le moins un métaphysicien, un juriste ou un économiste bourgeois, pour se révolter contre cette loi d'après laquelle deux fois deux font quatre. Il faut avoir la foi pour s'imaginer qu'on ne brûlera pas dans le feu et qu'on ne se noiera pas dans l'eau, à moins qu'on n'ait recours à quelque subterfuge qui est encore fondé sur quelque autre loi naturelle. Mais ces révoltes, ou plutôt ces tentatives ou ces folles imaginations d'une révolte impossible, ne forment qu'une exception assez rare, car, en général, on peut dire que la masse des hommes, dans sa vie quotidienne, se laisse gouverner par le bon sens, ce qui veut dire par la somme des lois naturelles généralement reconnues, d'une manière à peu près absolue.

Le malheur, c'est qu'une grande quantité de lois naturelles, déjà adoptées comme telles par la science, restent inconnues aux masses populaires, grâce aux soins de ces gouvernements tutélaires qui n'existent, comme on sait, que pour le bien des peuples. Il est un autre inconvénient, c'est que la majeure partie des lois naturelles qui sont inhérentes au développement de la société humaine, et qui sont tout aussi nécessaires, invariables, fatales que les lois qui gouvernent le monde physique, n'ont pas été dûment constatées et reconnues par la science elle-même. Une fois qu'elles auront été reconnues d'abord par la science, et que de la science, au moyen d'un large système d'éducation et d'instruction populaires, elles auront passé dans la conscience de tout le monde, la question de la liberté sera parfaitement résolue. Les autoritaires les plus récalcitrants doivent reconnaître qu'alors il n'y aura plus besoin ni d'organisation, ni de direction, ni de législation politiques, trois choses qui, soit qu'elles émanent de la volonté du souverain ou du vote d'un parlement élu par le suffrage universel, et alors même qu'elles seraient conformes au système des lois naturelles – ce qui n'a jamais lieu et ce qui ne pourra jamais avoir lieu – sont toujours également funestes et contraires à la liberté des masses. parce qu'elles leur imposent un système de lois extérieures, et par conséquent despotiques. La liberté de l'homme consiste uniquement en ceci qu'il obéit aux lois naturelles parce qu'il les a reconnues lui-même comme telles, et non parce qu'elles lui ont été extérieurement imposées par une volonté étrangère, divine ou humaine, collective ou individuelle, quelconque. Supposez une académie de savants, composée des représentants les plus illustres de la science ; supposez que cette académie soit chargée de la législation, de l'organisation de la société, et que ne s'inspirant de l'amour le plus pur de la vérité, elle ne lui dicte que des lois absolument conformes aux plus récentes découvertes de la science.

Eh bien, je prétends, moi, que cette législation et cette organisation seront une monstruosité, et cela pour deux raisons. La première. C'est que la science humaine est toujours nécessairement imparfaite, et qu'en comparant ce qu`elle à découvert avec ce qu'il lui reste à découvrir, on peut dire qu'elle en est toujours à son berceau. De sorte que si on voulait forcer la vie pratique, tant collective qu'individuelle, des hommes, à se conformer strictement, exclusivement, aux dernières données de la science, on condamnerait la société aussi bien que les individus à souffrir le martyre sur un lit de Procuste, qui finirait bientôt par les disloquer et par les étouffer, la vie restant toujours infiniment plus large que la science. La seconde raison est celle-ci : une société qui obéirait à une législation émanée d'une académie scientifique, non parce qu'elle en aurait compris elle-même le caractère rationnel, auquel cas l'existence de l'académie deviendrait inutile, mais parce que cette législation, émanant de cette académie, s'imposerait à elle au nom d'une science qu'elle vénérerait sans la comprendre – une telle société serait une société non d'hommes, mais de brutes. Ce serait une seconde édition de cette pauvre république du Paraguay qui se laissa gouverner si longtemps par la Compagnie de Jésus. Une telle société ne manquerait pas de descendre bientôt au plus bas degré d'idiotie. Mais il est encore une troisième raison qui rend un tel gouvernement impossible. C'est qu'une académie scientifique revêtue de cette souveraineté pour ainsi dire absolue, et fût-elle composée des hommes les plus illustres, finirait, infailliblement et bientôt, par se corrompre elle-même, et moralement et intellectuellement. C'est déjà aujourd'hui, avec le peu de privilèges qu'on leur laisse, l'histoire de toutes les académies.

Le plus grand génie scientifique, du moment qu'il devient un académicien, un savant officiel, patenté, baisse inévitablement et s'endort. Il perd sa spontanéité, sa hardiesse révolutionnaire, et cette énergie incommode et sauvage qui caractérise la nature des plus grands génies, appelés toujours à détruire les mondes caducs et à jeter les fondements des mondes nouveaux. Il gagne sans doute en politesse, en sagesse utilitaire et pratique, ce qu'il perd en puissance de pensée. Il se corrompt, en un mot. C'est le propre du privilège et de toute position privilégiée que de tuer l'esprit et le cœur des hommes. L'homme privilégié soit politiquement, soit économiquement, est un homme intellectuellement et moralement dépravé. Voilà une loi sociale qui n'admet aucune exception, et qui s'applique aussi bien à des nations tout entières qu'aux classes, aux compagnies et aux individus. C'est la loi de l'égalité, condition suprême de la liberté et de l'humanité. Le but principal de ce livre est précisément de la développer, et d'en démontrer la vérité dans toutes les manifestations de la vie humaine. Un corps scientifique auquel on aurait confié le gouvernement de la société finirait bientôt par ne plus s'occuper du tout de science, mais d'une tout autre affaire ; et cette affaire, l'affaire de tous les pouvoirs établis, serait de s'éterniser en rendant la société confiée à ses soins toujours plus stupide et par conséquent plus nécessiteuse de son gouvernement et de sa direction. Mais ce qui est vrai pour les académies scientifiques l'est également pour toutes les assemblées constituantes et législatives, lors même qu'elles sont issues du suffrage universel. Ce dernier peut en renouveler la composition, il est vrai, ce qui n'empêche pas qu'il ne se forme en quelques années un corps de politiciens, privilégiés de fait, non de droit, qui, en se vouant exclusivement à la direction des affaires publiques d'un pays, finissent par former une sorte d'aristocratie ou d'oligarchie politique.

Voir les États-Unis d'Amérique et la Suisse. Ainsi, point de législation extérieure et point d'autorité, l'une étant d'ailleurs inséparable de l'autre, et toutes les deux tendant à l'asservissement de la société et à l'abrutissement des législateurs eux-mêmes. S'ensuit-il que je repousse toute autorité ? Loin de moi cette pensée. Lorsqu'il s'agit de bottes, j'en réfère à l'autorité du cordonnier ; s'il s'agit d'une maison, d'un canal ou d'un chemin de fer, je consulte celle de l'architecte ou de l'ingénieur. Pour telle science spéciale, je m'adresse à tel savant. Mais je ne m'en laisse imposer ni par le cordonnier, ni par l'architecte, ni par le savant. Je les écoute librement et avec tout le respect que méritent leur intelligence, leur caractère, leur savoir, en réservant toutefois mon droit incontestable de critique et de contrôle. Je ne me contente pas de consulter une seule autorité spécialiste, j'en consulte plusieurs ; je compare leurs opinions, et je choisis celle qui me paraît la plus juste. Mais je ne reconnais point d'autorité infaillible, même dans les questions toutes spéciales ; par conséquent, quelque respect que je puisse avoir pour l'honnêteté et pour la sincérité de tel ou de tel autre individu, je n'ai de foi absolue en personne. Une telle foi serait fatale à ma raison, à ma liberté et au succès même de mes entreprises ; elle me transformerait immédiatement en un esclave stupide et en un instrument de la volonté et des intérêts d'autrui. Si je m'incline devant l'autorité des spécialistes et si je me déclare prêt à en suivre, dans une certaine mesure et pendant tout le temps que cela me paraît nécessaire, les indications et même la direction, c'est parce que cette autorité ne m'est imposée par personne, ni par les hommes ni par Dieu.

Autrement je les repousserais avec horreur et j'enverrais au diable leurs conseils, leur direction et leur science, certain qu'ils me feraient payer par la perte de ma liberté et de ma dignité humaines les bribes de vérité, enveloppées de beaucoup de mensonges, qu'ils pourraient me donner. Je m'incline devant l'autorité des hommes spéciaux parce qu'elle m'est imposée par ma propre raison. J'ai conscience de ne pouvoir embrasser dans tous ses détails et ses développements positifs qu'une très petite partie de la science humaine. La plus grande intelligence ne suffirait pas pour embrasser le tout. D'où résulte, pour la science aussi bien que pour l'industrie la nécessité de la division et de l'association du travail. Je reçois et je donne, telle est la vie humaine. Chacun est autorité dirigeante et chacun est dirigé à son tour. Donc il n'y a point d'autorité fixe et constante mais un échange continu d'autorité et de subordinations mutuelles, passagères et surtout volontaires. Cette même raison m'interdit donc de reconnaître une autorité fixe, constante et universelle, parce qu'il n'y a point d'homme universel, d'homme qui soit capable d'embrasser dans cette richesse de détails ; sans laquelle l'application de la science à la vie n'est point possible, toutes les sciences, toutes les branches de la vie sociale. Et, si une telle universalité pouvait jamais se trouver réalisée dans un seul homme, et qu'il voulût s'en prévaloir pour nous imposer son autorité, il faudrait chasser cet homme de la société, parce que son autorité réduirait inévitablement tous les autres à l'esclavage et à l'imbécillité. Je ne pense pas que la société doive maltraiter les hommes de génie comme elle l'a fait jusqu'à présent.

Mais je ne pense pas non plus qu'elle doive trop les engraisser ni leur accorder surtout des privilèges ou des droits exclusifs quelconques ; et cela pour trois raisons : d'abord parce qu'il lui arriverait souvent de prendre un charlatan pour un homme de génie ; ensuite parce que, par ce système de privilèges, elle pourrait transformer en un charlatan même un véritable homme de génie, le démoraliser, l'abêtir ; enfin, parce qu'elle se donnerait un despote. Je me résume. Nous reconnaissons donc l'autorité absolue de la science parce que la science n'a d'autre objet que la reproduction mentale, réfléchie et aussi systématique que possible, des lois naturelles qui sont inhérentes à la vie tant matérielle qu'intellectuelle et morale, tant du monde physique que du monde social, ces deux mondes ne constituant dans le fait qu'un seul et même monde naturel. En dehors de cette autorité uniquement légitime, parce qu'elle est rationnelle et conforme à la liberté humaine, nous déclarons toutes les autres autorités mensongères arbitraires, despotiques et funestes. Nous reconnaissons l'autorité absolue de la science, mais nous repoussons l'infaillibilité et l'universalité des représentants de la science. Dans notre Église – à nous – qu'il me soit permis de me servir un moment de cette expression que d'ailleurs je déteste – l'Église et l'État sont mes deux bêtes noires –, dans notre Église, comme dans l'Église protestante, nous avons un chef, un Christ invisible, la Science ; et comme les protestants, plus conséquents même que les protestants, nous ne voulons y souffrir ni pape, ni conciles, ni conclaves de cardinaux infaillibles, ni évêques, ni même des prêtres. Notre Christ se distingue du Christ protestant et chrétien en ceci, que ce dernier est un être personnel, le nôtre impersonnel ; le Christ chrétien, déjà accompli dans un passé éternel, se présente comme un être parfait, tandis que l'accomplissement et la perfection de notre Christ à nous, de la Science sont toujours dans l'avenir, ce qui équivaut à dire qu'ils ne se réaliseront jamais.

En ne reconnaissant l'autorité absolue que de la science absolue, nous n'engageons donc aucunement notre liberté. J'entends par ce mot, science absolue, la science vraiment universelle qui reproduirait idéalement, dans toute son extension et dans tous ses détails infinis, l'univers, le système ou la coordination de toutes les lois naturelles qui se manifestent dans le développement incessant des mondes. Il est évident que cette science, objet sublime de tous les efforts de l'esprit humain, ne se réalisera jamais dans sa plénitude absolue. Notre Christ restera donc éternellement inachevé, ce qui doit rabattre beaucoup l'orgueil de ses représentants patentés parmi nous. Contre ce Dieu le fils au nom duquel ils prétendraient nous imposer leur autorité insolente et pédantesque, nous en appellerons à Dieu le père, qui est le monde réel, la vie réelle, dont il n'est, lui, que l'expression par trop imparfaite, et dont nous sommes, nous les êtres réels, vivant, travaillant, combattant, aimant, aspirant, jouissant et souffrant, les représentants immédiats. Mais tout en repoussant l'autorité absolue, universelle et infaillible des hommes de la science, nous nous inclinons volontiers devant l'autorité respectable, mais relative et très passagère, très restreinte, des représentants des sciences spéciales, ne demandant pas mieux que de les consulter tour à tour, et fort reconnaissants pour les indications précieuses qu'ils voudront bien nous donner, à condition qu'ils veuillent bien en recevoir de nous-mêmes sur les choses et dans les occasions où nous sommes plus savants qu'eux ; et, en général, nous ne demandons pas mieux que des hommes doués d'un grand savoir, d'une grande expérience, d'un grand esprit, et d'un grand cœur surtout, exercent sur nous une influence naturelle et légitime, librement acceptée, et jamais imposée au nom de quelque autorité officielle que ce soit, céleste ou terrestre.

Nous acceptons toutes les autorités naturelles, et toutes les influences de fait, aucune de droit ; car toute autorité ou toute influence de droit, et comme telle officiellement imposée devenant aussitôt une oppression et un mensonge, nous imposerait infailliblement, comme je crois l'avoir suffisamment démontré, l'esclavage et l'absurdité. En un mot, nous repoussons toute législation toute autorité et toute influence privilégiée, patentée officielle et légale, même sortie du suffrage universel convaincus qu'elles ne pourront tourner jamais qu'au profit d'une minorité dominante et exploitante, contre les intérêts de l'immense majorité asservie. Voilà dans quel sens nous sommes réellement des anarchistes. Justification divine de l'autorité terrestre Les idéalistes modernes entendent l'autorité d'une manière tout à fait différente. Quoique libres des superstitions traditionnelles de toutes les religions positives existantes, ils attachent néanmoins à cette idée de l'autorité un sens divin, absolu. Cette autorité n'est point celle d'une vérité miraculeusement révélée ni celle d'une vérité rigoureusement et scientifiquement démontrée. Ils la fondent sur un peu d'argumentation quasi philosophique et sur beaucoup de foi vaguement religieuse, sur beaucoup de sentiment idéalement, abstraitement poétique. Leur religion est comme un dernier essai de divinisation de tout ce qui constitue l'humanité dans les hommes. C'est tout le contraire de l'œuvre que nous accomplissons. Nous croyons devoir, en vue de la liberté humaine, de la dignité humaine et de la prospérité humaine, reprendre au ciel les biens qu'il a dérobés à la terre, pour les rendre à la terre ; tandis que, s'efforçant de commettre un dernier larcin religieusement héroïque, ils voudraient, eux, au contraire, restituer de nouveau au ciel, à ce divin voleur aujourd'hui démasqué, mis à son tour au pillage par l'impiété audacieuse et par l'analyse scientifique des libres penseurs, tout ce que l'humanité contient de plus grand, de plus beau, de plus noble.

Il leur paraît, sans doute, que pour jouir d'une plus grande autorité parmi les hommes, les idées et les choses humaines doivent être revêtues d'une sanction divine. Comment s'annonce cette sanction ? Non par un miracle, comme dans les religions positives, mais par la grandeur ou par la sainteté même des idées et des choses : ce qui est grand, ce qui est beau, ce qui est noble, ce qui est juste, est divin. Dans ce nouveau culte religieux, tout homme qui s'inspire de ces idées, de ces choses, devient un prêtre, immédiatement consacré par Dieu même. Et la preuve ? Il n'en est pas besoin d'autre ; c'est la grandeur même des idées et des choses qu'il accomplit, qu'il exprime. Elles sont si saintes qu'elles ne peuvent avoir été inspirées que par Dieu. Voilà en peu de mots toute leur philosophie : philosophie de sentiments, non de pensées réelles, une sorte de piétisme métaphysique. Cela paraît innocent, mais cela ne l'est pas du tout, et la doctrine très précise, très étroite et très sèche, qui se cache sous le vague insaisissable de ses formes poétiques, conduit aux mêmes résultats désastreux que toutes les religions positives c'est-à-dire à la négation la plus complète de la liberté et de la dignité humaines. Proclamer comme divin tout ce qu'on trouve de grand, de juste, de noble, de beau dans l'humanité, c'est reconnaître implicitement que l'humanité par elle-même aurait été incapable de le produire : ce qui revient à dire qu'abandonnée à elle-même, sa propre nature est misérable, inique, vile et laide. Nous voilà revenus à l'essence de toute religion, c'est-à-dire au dénigrement de l'humanité pour la plus grande gloire de la divinité. Et du moment que l'infériorité naturelle de l'homme et son incapacité foncière de s'élever par lui-même, en dehors de toute inspiration divine jusqu'aux idées justes et vraies, sont admises.

Il devient nécessaire d'admettre aussi toutes les conséquences théologiques, politiques et sociales des religions positives. Du moment que Dieu, l'Être parfait et suprême, se pose vis-à-vis de l'humanité, les intermédiaires divins, les élus, les inspirés de Dieu sortent de terre pour éclairer, pour diriger et pour gouverner en son nom l'espèce humaine. Ne pourrait-on pas supposer que tous les hommes soient également inspirés par Dieu ? Alors il n y aurait plus besoin d'intermédiaires, sans doute. Mais cette supposition est impossible, parce qu'elle est trop contredite par les faits. Il faudrait alors attribuer à l'inspiration divine toutes les absurdités et les erreurs qui se manifestent, et toutes les horreurs, les turpitudes, les lâchetés et les sottises qui se commettent dans le monde humain. Donc, il n'y a dans ce monde que peu d'hommes divinement inspirés. Ce sont les grands hommes de l'histoire, les génies vertueux, comme dit l'illustre citoyen et prophète italien Giuseppe Mazzini. Immédiatement inspirés par Dieu même et s'appuyant sur le consentement universel, exprimé par le suffrage populaire – Dio e Popolo –, ils sont appelés à gouverner les sociétés humaines[1].

------

1   Il y a six ou sept ans, à Londres, j'ai entendu M. Louis Blanc exprimer à peu
    près la même idée : « La meilleure forme de gouvernement, m'a-t-il dit, serait

celle qui appellerait toujours aux affaires les hommes de génie vertueux. »

La nouvelle Église : l'École

Nous voilà retombés dans l'Église et dans l'État. Il est vrai que dans cette organisation nouvelle, établie, comme toutes les organisations politiques anciennes, par la grâce de Dieu, mais appuyée cette fois, au moins pour la forme, en guise de concession nécessaire à l'esprit moderne, comme dans les préambules des décrets impériaux de Napoléon III, sur la volonté fictive du peuple, l'Église ne s'appellera plus Église, elle s'appellera École. Mais sur les bancs de cette école ne seront pas assis seulement les enfants : il y aura le mineur éternel, l'écolier reconnu à jamais incapable de subir ses examens, de s'élever à la science de ses maîtres et de se passer de la discipline de ses maîtres, le peuple. L'État ne s'appellera plus Monarchie, il s'appellera République, mais il n'en sera pas moins l'État, c'est-à-dire une tutelle officiellement et régulièrement établie par une minorité d'hommes compétents, d'hommes de génie ou de talent vertueux, pour surveiller et pour diriger la conduite de ce grand, incorrigible et terrible enfant, le peuple. Les professeurs de l'École et les fonctionnaires de l'État s'appelleront des républicains ; mais ils n'en seront pas moins des tuteurs, des pasteurs, et le peuple restera ce qu'il a été éternellement jusqu'ici, un troupeau. Gare alors aux tondeurs ; car là où il y a un troupeau il y aura nécessairement aussi des tondeurs et des mangeurs de troupeau. Le peuple, dans ce système, sera l'écolier et le pupille éternel. Malgré sa souveraineté toute fictive, il continuera de servir d'instrument à des pensées, à des volontés et par conséquent aussi à des intérêts qui ne seront pas les siens. Entre cette situation et ce que nous appelons, nous, la liberté, la seule vraie liberté, il y a un abîme.

Ce sera, sous des formes nouvelles, l'antique oppression et l'antique esclavage : et là où il y a esclavage, il y a misère, abrutissement, la vraie matérialisation de la société, tant des classes privilégiées que des masses.

En divinisant les choses humaines, les idéalistes aboutissent toujours au triomphe d'un matérialisme brutal. Et cela pour une raison très simple : le divin s'évapore et monte vers sa patrie, le ciel, et le brutal seul reste réellement sur la terre. J'ai demandé un jour à Mazzini quelles mesures on prendra pour l'émancipation du peuple, une fois que sa république unitaire triomphante aura été définitivement établie. « La première mesure, m'a-t-il dit, ce sera la fondation d'écoles pour le peuple. – Et qu'enseignera-t-on au peuple dans ces écoles ? – Les devoirs de l'homme, le sacrifice et le dévouement. » Mais où prendrez-vous un nombre suffisant de professeurs pour enseigner ces choses-là, qu'aucun n'a le droit ni le pouvoir d'enseigner s'il ne prêche d'exemple ? Le nombre des hommes qui trouvent une jouissance suprême dans le sacrifice et dans le dévouement n'est-il pas excessivement restreint ? Ceux qui se sacrifient au service d'une grande idée, obéissant à une haute passion, et satisfaisant cette passion personnelle en dehors de laquelle la vie elle-même perd toute valeur à leurs yeux, ceux-là pensent ordinairement à tout autre chose qu'à ériger leur action en doctrine ; tandis que ceux qui en font une doctrine oublient le plus souvent de la traduire en action, par cette simple raison que la doctrine tue la vie, tue la spontanéité vivante de l'action. Les hommes comme Mazzini, dans lesquels la doctrine et l'action forment une unité admirable, ne sont que de très rares exceptions historiques.

Dans le christianisme aussi, il y a eu de grands hommes, de saints hommes qui ont fait réellement, ou qui au moins se sont passionnément efforcés de faire, tout ce qu'ils disaient, et dont les cœurs, débordant d'amour, étaient pleins de mépris pour les jouissances et pour les biens de ce monde.

Mais l'immense majorité des prêtres catholiques et protestants qui, par métier, ont prêché et prêchent la doctrine de la chasteté, de l'abstinence et de la renonciation, ont démenti généralement leur doctrine par leur exemple. Ce n'est pas en vain, c'est à la suite d'une expérience de plusieurs siècles que chez les peuples de tous les pays se sont formés ces dictons : « Libertin comme un prêtre ; gourmand comme un prêtre ; ambitieux comme un prêtre ; avide, intéressé et cupide comme un prêtre ». Il est donc constaté que les professeurs des vertus chrétiennes, consacrés par l'Église, les prêtres, dans leur immense majorité, ont fait tout le contraire de ce qu'ils ont prêché. Cette majorité même, l'universalité de ce fait prouvent qu'il ne faut pas en attribuer la faute aux individus, mais à la position sociale impossible, et contradictoire en elle-même, dans laquelle ces individus sont placés. Il y a dans la position du prêtre chrétien une double contradiction. D'abord celle de la doctrine d'abstinence et de renonciation avec les tendances et les besoins positifs de la nature humaine, tendances et besoins qui dans quelques cas individuels, toujours très rares, peuvent bien être continuellement refoulés, comprimés et à la fin même complètement anéantis par l'influence constante de quelque puissante passion intellectuelle et morale, ou qui, en certains moments d'exaltation collective, peuvent être même oubliés et négligés pour quelque temps par une grande quantité d'hommes à la fois, mais qui sont si foncièrement inhérents à la nature humaine qu'ils finissent toujours par reprendre leurs droits, de sorte que, lorsqu'ils sont empêchés de se satisfaire d'une manière régulière et normale, ils finissent toujours par chercher des satisfactions malfaisantes et monstrueuses.

C'est une loi naturelle, et par conséquent fatale, irrésistible, sous l'action funeste de laquelle tombent inévitablement tous les prêtres chrétiens et spécialement ceux de l'Église catholique romaine. Elle ne peut frapper les professeurs ou les prêtres de l'École ou de l'Église moderne, à moins qu'on ne les oblige, eux aussi, à prêcher l'abstinence et la renonciation chrétiennes. Mais il est une autre contradiction qui est commune aux uns comme aux autres. Cette contradiction est attachée au titre et à la position même du maître. Un maître qui commande, qui opprime et qui exploite, est un personnage très logique et tout à fait naturel. Mais un maître qui se sacrifie à ceux qui lui sont subordonnés de par son privilège divin ou humain, est un être contradictoire et tout à fait impossible. C'est la constitution même de l'hypocrisie, si bien personnifiée par le pape qui, tout en se disant le dernier serviteur des serviteurs de Dieu – en signe de quoi, suivant l'exemple du Christ, il lave même une fois par an les pieds de douze mendiants de Rome –, se proclame en même temps, comme vicaire de Dieu, le maître absolu et infaillible du monde. Ai-je besoin de rappeler que les prêtres de toutes les Églises, loin de se sacrifier aux troupeaux confiés à leurs soins, les ont toujours sacrifiés, exploités et maintenus à l'état de troupeau, en partie pour satisfaire leurs propres passions personnelles et en partie pour servir la toute-puissance de l'Église ? Les mêmes conditions, les mêmes causes produisent toujours les mêmes effets. Il en sera donc de même pour les professeurs de l'École moderne, divinement inspirés et patentés par l'État.

Ils deviendront nécessairement, les uns sans le savoir, les autres en pleine connaissance de cause, les enseigneurs de la doctrine du sacrifice populaire à la puissance de l'État et au profit des classes privilégiées de l'État. Faudra-t-il donc éliminer de la société tout enseignement et abolir toutes les écoles ? Non, pas du tout, il faut répandre à pleines mains l'instruction dans les masses, et transformer toutes les églises, tous ces temples dédiés à la gloire de Dieu et à l'asservissement des hommes, en autant d'écoles d'émancipation humaine. Mais, d'abord, entendons-nous : les écoles proprement dites, dans une société normale. fondée sur l'égalité et sur le respect de la liberté humaine, ne devront exister que pour les enfants et non pour les adultes ; et, pour qu'elles deviennent des écoles d'émancipation et non d'asservissement, il faudra en éliminer avant tout cette fiction de Dieu, l'asservisseur éternel et absolu ; et il faudra fonder toute l'éducation des enfants et leur instruction sur le développement scientifique de la raison, non sur celui de la foi, sur le développement de la dignité et de l'indépendance personnelles, non sur celui de la piété et de l'obéissance, sur le seul culte de la vérité et de la justice, et avant tout sur le respect humain, qui doit remplacer en tout et partout le culte divin. Le principe de l'autorité dans l'éducation des enfants, constitue le point de départ naturel ; il est légitime, nécessaire, lorsqu'il est appliqué aux enfants en bas âge, alors que leur intelligence ne s'est encore aucunement développée ; mais comme le développement de toute chose, et par conséquent de l'éducation aussi, implique la négation successive du point de départ, ce principe doit s'amoindrir graduellement à mesure que leur éducation et leur instruction s'avancent, pour faire place à leur liberté ascendante.

Toute éducation rationnelle n'est au fond rien que cette immolation progressive de l'autorité au profit de la liberté, le but final de l'éducation ne devant être que celui de former des hommes libres et pleins de respect et d'amour pour la liberté d'autrui. Ainsi le premier jour de la vie scolaire, si l'école prend les enfants en bas âge, alors qu'ils commencent à peine à balbutier quelques mots, doit être celui de la plus grande autorité et d'une absence à peu près complète de liberté ; mais son dernier jour doit être par contre celui de la plus grande liberté et de l'abolition absolue de tout vestige du principe animal ou divin de l'autorité. Le principe d'autorité, appliqué aux hommes qui ont dépassé ou atteint l'âge de la majorité, devient une monstruosité, une négation flagrante de l'humanité, une source d'esclavage et de dépravation intellectuelle et morale. Malheureusement, les gouvernements paternels ont laissé croupir les masses populaires dans une si profonde ignorance qu'il sera nécessaire de fonder des écoles non seulement pour les enfants du peuple, mais pour le peuple lui-même. Mais de ces écoles devront être éliminées absolument les moindres applications ou manifestations du principe d'autorité. Ce ne seront plus des écoles, mais des académies populaires, dans lesquelles il ne pourra plus être question ni d'écoliers ni de maîtres, où le peuple viendra librement prendre, s'il le trouve nécessaire, un enseignement libre, et dans lesquelles, riche de son expérience, il pourra enseigner, à son tour, bien des choses aux professeurs qui lui apporteront des connaissances qu'il n'a pas. Ce sera donc un enseignement mutuel, un acte de fraternité intellectuelle entre la jeunesse instruite et le peuple. La véritable école pour le peuple et pour tous les hommes faits, c'est la vie.

La seule grande et toute-puissante autorité naturelle et rationnelle à la fois la seule que nous puissions respecter, ce sera celle de l'esprit collectif et public d'une société fondée sur l'égalité et sur la solidarité, aussi bien que sur la liberté et sur le respect humain et mutuel de tous ses membres. Oui, voilà une autorité nullement divine, toute humaine, mais devant laquelle nous nous inclinerons de grand cœur, certains que, loin de les asservir, elle émancipera les hommes. Elle sera mille fois plus puissante, soyez-en certains, que toutes vos autorités divines, théologiques, métaphysiques, politiques et juridiques instituées par l'Église et par l'État, plus puissante que vos codes criminels, vos geôliers et vos bourreaux.

Idéalisme et matérialisme

La puissance du sentiment collectif ou de l'esprit public est déjà très sérieuse aujourd'hui. Les hommes les plus capables de commettre des crimes osent rarement le défier, l'affronter ouvertement. Ils chercheront à la tromper, mais ils se garderont bien de la brusquer à moins qu'ils ne se sentent appuyés au moins par une minorité quelconque. Aucun homme, quelque puissant qu'il se croie, n'aura jamais la force de supporter le mépris unanime de la société, aucun ne saurait vivre sans se sentir soutenu par l'assentiment et l'estime au moins d'une partie quelconque de cette société. Il faut qu'un homme soit poussé par une immense et bien sincère conviction pour qu'il trouve en lui le courage d'opiner et de marcher contre tous, et jamais un homme égoïste, dépravé et lâche n'aura ce courage-là. Rien ne prouve mieux la solidarité naturelle et fatale, cette loi de sociabilité qui relie tous les hommes, que ce fait, que chacun de nous peut constater, chaque jour, et sur lui-même et sur tous les hommes qu'il connaît. Mais si cette puissance sociale existe, pourquoi n'a-t-elle pas suffi, jusqu'à l'heure qu'il est, à moraliser, à humaniser les hommes ? À cette question, la réponse est très simple : parce que, jusqu'à l'heure qu'il est, elle n'a point été humanisée elle-même, et elle n'a point été humanisée jusqu'ici parce que la vie sociale dont elle est toujours la fidèle expression est fondée, comme on sait, sur le culte divin, non sur le respect humain, sur l'autorité, non sur la liberté, sur le privilège, non sur l'égalité, sur l'exploitation, non sur la fraternité des hommes, sur l'iniquité et le mensonge, non sur la justice et sur la vérité. Par conséquent son action réelle, toujours en contradiction avec les théories humanitaires qu'elle professe, a exercé constamment une influence funeste et dépravante, non morale.

Elle ne comprime pas les vices et les crimes, elle les crée. Son autorité est par conséquent une autorité divine antihumaine, son influence est malfaisante et funeste. Voulez-vous les rendre bienfaisantes et humaines ? Faites la Révolution sociale. Faites que tous les besoins deviennent réellement solidaires. que les intérêts matériels et sociaux de chacun deviennent conformes aux devoirs humains de chacun. Et, pour cela, il n'est qu'un seul moyen : détruisez toutes les institutions de l'inégalité, fondez l'égalité économique et sociale de tous, et sur cette base s'élèvera la liberté, la moralité, l'humanité solidaire de tout le monde. Je reviendrai encore une fois sur cette question la plus importante du socialisme. Oui, l'idéalisme en théorie a pour conséquence nécessaire le matérialisme le plus brutal dans la pratique ; non sans doute pour ceux qui le prêchent de bonne foi ; le résultat ordinaire, pour ceux-là, est de voir frappés de stérilité tous leurs efforts ; mais pour ceux qui s'efforcent de réaliser leurs préceptes dans la vie, pour la société tout entière, en tant qu'elle se laisse dominer par les doctrines idéalistes. Pour démontrer ce fait général et qui peut paraître étrange de prime abord, mais qui s'explique naturellement, lorsqu'on y réfléchit davantage, les preuves historiques ne manquent pas. Comparez les deux dernières civilisations du monde antique, la civilisation grecque et la civilisation romaine. Laquelle est la civilisation la plus matérialiste, la plus naturelle par son point de départ, et la plus humainement idéale dans ses résultats ? La civilisation grecque. Laquelle est au contraire la plus abstraitement idéale à son point de départ, sacrifiant la liberté matérielle de l'homme à la liberté idéale du citoyen, représentée par l'abstraction du droit juridique, et le développement naturel de la société humaine à l'abstraction de l'État, et laquelle est la plus brutale dans ses conséquences ? La civilisation romaine sans doute.

La civilisation grecque, comme toutes les civilisations antiques, y compris celle de Rome, a été exclusivement nationale, il est vrai, et a eu pour base l'esclavage. Mais, malgré ces deux immenses défauts historiques, elle n'en a pas moins conçu et réalisé, la première, l'idée de l'humanité ; elle a ennobli et réellement idéalisé la vie des hommes ; elle a transformé les troupeaux humains en associations libres d'hommes libres ; elle a créé les sciences, les arts, une poésie, une philosophie immortelles et les premières notions du respect humain, par la liberté. Avec la liberté politique et sociale, elle a créé la libre pensée. Et à la fin du Moyen Âge, à l'époque de la Renaissance, il a suffi que quelques Grecs émigrés apportassent quelques-uns de ses livres immortels en Italie, pour que la vie, la liberté, la pensée, l'humanité, enterrées dans le sombre cachot du catholicisme fussent ressuscitées. L'émancipation humaine, voilà donc le nom de la civilisation grecque. Et le nom de la civilisation romaine ? C'est la conquête, avec toutes ses conséquences brutales. Et son dernier mot ? La toute-puissance des Césars. C'est l'avilissement et l'esclavage des nations et des hommes. Et aujourd'hui encore, qu'est-ce qui tue, qu'est-ce qui écrase brutalement, matériellement, dans tous les pays de l'Europe, la liberté et l'humanité ? C'est le triomphe du principe césarien ou romain. Comparez maintenant deux civilisations modernes : la civilisation italienne et la civilisation allemande. La première représente sans doute, dans son caractère général, le matérialisme ; la seconde représente, au contraire, tout ce qu'il y a de plus abstrait, de plus pur et de plus transcendant en fait d'idéalisme. Voyons quels sont les fruits pratiques de l'une et de l'autre.

L'Italie a déjà rendu d'immenses services à la cause de l'émancipation humaine. Elle fut la première qui ressuscita et qui appliqua largement le principe de la liberté en Europe, et qui rendit à l'humanité ses titres de noblesse : l'industrie, le commerce, la poésie, les arts, les sciences positives et la libre pensée. Écrasée depuis par trois siècles de despotisme impérial et papal, et traînée dans la boue par sa bourgeoisie gouvernante, elle paraît aujourd'hui, il est vrai bien déchue en comparaison de ce qu'elle a été. Et pourtant, quelle différence si on la compare à l'Allemagne ! En Italie, malgré cette décadence, espérons-le, passagère, on peut vivre et respirer humainement, librement, entouré d'un peuple qui semble être né pour la liberté. L'Italie, même bourgeoise, peut vous montrer avec orgueil des hommes comme Mazzini et comme Garibaldi. En Allemagne, on respire l'atmosphère d'un immense esclavage politique et social, philosophiquement expliqué et accepté par un grand peuple, avec une résignation et une bonne volonté réfléchies. Ses héros – je parle toujours de l'Allemagne présente, non de l'Allemagne de l'avenir, de l'Allemagne nobiliaire, bureaucratique, politique et bourgeoise, non de l'Allemagne prolétaire –, ses héros sont tout l'opposé de Mazzini et de Garibaldi : ce sont aujourd'hui Guillaume 1 er , le féroce et naïf représentant du Dieu protestant, ce sont MM. Bismarck et Moltke, les généraux Manteuffel et Werder. Dans tous ses rapports internationaux, l'Allemagne, depuis qu'elle existe, a été lentement, systématiquement envahissante, conquérante, toujours prête à étendre sur les peuples voisins son propre asservissement volontaire ; et depuis qu'elle s'est constituée en puissance unitaire, elle est devenue une menace, un danger pour la liberté de toute l'Europe.

Le nom de l'Allemagne, aujourd'hui, c'est la servilité brutale et triomphante. Pour montrer comment l'idéalisme théorique se transforme incessamment et fatalement en matérialisme pratique, il n'y a qu'à citer l'exemple de toutes les Églises chrétiennes, et naturellement, avant tout, celui de l'Église apostolique et romaine. Qu'y a-t-il de plus sublime, dans le sens idéal, de plus désintéressé, de plus détaché de tous les intérêts de cette terre, que la doctrine du Christ prêchée par cette Église, et qu'y a-t-il de plus brutalement matérialiste que la pratique constante de cette même Église, dès le huitième siècle, alors qu'elle a commencé de se constituer comme puissance ? Quel a été et quel est encore l'objet principal de tous ses litiges contre les souverains de l'Europe ? Les biens temporels, les revenus de l'Église, d'abord, et ensuite la puissance temporelle les privilèges politiques de l'Église. Il faut rendre cette justice à l'Église, qu'elle a été la première à découvrir, dans l'histoire moderne, cette vérité incontestable, mais très peu chrétienne, que la richesse et la puissance, l'exploitation économique et l'oppression politique des masses, sont les deux termes inséparables du règne de l'idéalité divine sur la terre, la richesse consolidant et augmentant la puissance, et la puissance découvrant et créant toujours de nouvelles sources de richesses, et toutes les deux assurant, mieux que le martyre et la foi des apôtres, et mieux que la grâce divine, le succès de la propagande chrétienne. C'est une vérité historique que l'Eglise ou plutôt les Eglises protestantes ne méconnaissent pas non plus. Je parle naturellement des Églises indépendantes de l'Angleterre, de l'Amérique et de la Suisse, non des Églises asservies de l'Allemagne.

Celles-ci n'ont point d'initiative propre : elles font ce que leurs maîtres, leurs souverains temporels, qui sont en même temps leurs chefs spirituels, leur ordonnent de faire. On sait que la propagande protestante, celle de l'Angleterre et de l'Amérique surtout, se rattache d'une manière très étroite à la propagande des intérêts matériels, commerciaux de ces deux grandes nations ; et l'on sait aussi que cette dernière propagande n'a point du tout pour objet l'enrichissement et la prospérité matérielle des pays dans lesquels elle pénètre, en compagnie de la parole de Dieu, mais bien l'exploitation de ces pays, en vue de l'enrichissement et de la croissante prospérité matérielle de certaines classes, à la fois très exploitantes et très pieuses, dans leur propre pays. En un mot, il n'est point du tout difficile de prouver, l'histoire en main, que l'Église, que toutes les Églises, chrétiennes et non chrétiennes, à côté de leur propagande spiritualiste, et probablement pour en accélérer et en consolider le succès, n'ont jamais négligé de s'organiser en grandes compagnies pour l'exploitation économique des masses, du travail des masses, sous la protection et avec la bénédiction directes et spéciales d'une divinité quelconque ; que tous les États qui, à leur origine, comme on sait, n'ont été, avec toutes leurs institutions politiques et juridiques et leurs classes dominantes et privilégiées, rien que des succursales temporelles de ces différentes Eglises, n'ont eu également pour objet principal que cette même exploitation au profit des minorités laïques, indirectement légitimée par l'Eglise ; et qu'en général l'action du bon Dieu et de toutes les idéalités divines sur la terre a finalement abouti, toujours et partout, à fonder le matérialisme prospère du petit nombre sur l'idéalisme fanatique et constamment affamé des masses.

Ce que nous voyons aujourd'hui en est une preuve nouvelle. À l'exception de ces grands cœurs et de ces grands esprits fourvoyés que j'ai nommés plus haut, qui sont aujourd'hui les défenseurs les plus acharnés de l'idéalisme ? D'abord ce sont toutes les cours souveraines. En France c'est Napoléon III et son épouse madame Eugénie ; ce sont tous leurs ci-devant ministres, courtisans et ex-maréchaux, depuis Rouher et Bazaine jusqu'à Fleury et Piétri ; ce sont tous ces hommes et toutes ces femmes de cette cour impériale et de l'officialité impériale, qui ont si bien idéalisé et sauvé la France. Ce sont leurs journalistes et leurs savants : les Cassagnac, les Girardin, les Duvernois, les Veuillot, les Leverrier, les Dumas… C'est enfin la noire phalange des jésuites et des jésuitesses innombrables ; c'est toute la noblesse et toute la haute et moyenne bourgeoisie de la France. Ce sont les doctrinaires libéraux et les libéraux sans doctrine : les Guizot, les Thiers, les Jules Favre, les Pelletan et les Jules Simon, tous défenseurs acharnés de l'exploitation bourgeoise. En Prusse, en Allemagne, c'est Guillaume 1er, le vrai démonstrateur actuel du bon Dieu sur la terre ; ce sont tous ses généraux. tous ses officiers poméraniens et autres, toute son armée qui, forte de sa foi religieuse, vient de conquérir la France de la manière idéale que l'on sait. En Russie. C'est le tsar et naturellement toute sa cour ; ce sont les Mouraviev et les Bergh, tous les égorgeurs et les pieux convertisseurs de la Pologne. Partout, en un mot, l'idéalisme, religieux ou philosophique, l'un n'étant rien que la traduction plus ou moins libre de l'autre, sert aujourd'hui de drapeau à la force matérielle sanguinaire et brutale, à l'exploitation matérielle éhontée ; tandis qu'au contraire le drapeau du matérialisme théorique, le drapeau rouge de l'égalité économique et de la justice sociale, est soulevé par l'idéalisme pratique des masses opprimées et affamées, tendant à réaliser la plus grande liberté et le droit humain de chacun dans la fraternité de tous les hommes sur la terre.

Qui sont les vrais idéalistes, les idéalistes non de l'abstraction, mais de la vie, non du ciel, mais de la terre, et qui sont les matérialistes ? Il est évident que l'idéalisme théorique ou divin a pour condition essentielle le sacrifice de la logique, de la raison humaine, la renonciation à la science. On voit, d'un autre côté, qu'en défendant les doctrines idéales, on se trouve forcément entraîné dans le parti des oppresseurs et des exploiteurs des masses populaires. Voilà deux grandes raisons qui sembleraient devoir suffire pour éloigner de l'idéalisme tout grand esprit, tout grand cœur. Comment se fait-il que nos illustres idéalistes contemporains, auxquels, certainement, ce ne sont ni l'esprit, ni le cœur, ni la bonne volonté qui manquent, et qui ont voué leur existence entière au service de l'humanité, comment se fait-il qu'ils s'obstinent à rester dans les rangs des représentants d'une doctrine désormais condamnée et déshonorée ? Il faut qu'ils y soient poussés par une raison très puissante. Ce ne peut être ni la logique ni la science, puisque la logique et la science ont prononcé leur verdict contre la doctrine idéale. Ce ne peuvent être non plus des intérêts personnels, puisque ces hommes sont infiniment élevés au-dessus de tout ce qui a nom intérêt personnel. Il faut donc que ce soit une puissante raison morale. Laquelle ? Il ne peut y en avoir qu'une : ces hommes illustres pensent sans doute que les théories ou les croyances idéales sont essentiellement nécessaires à la dignité et à la grandeur morale de l'homme, et que les théories matérialistes, par contre, le rabaissent au niveau des bêtes.

Et si c'était le contraire qui fût vrai ?

Tout développement, ai-je dit, implique la négation du point de départ. La base ou le point de départ, selon l'école matérialiste, étant matériel, la négation doit en être nécessairement idéale. Partant de la totalité du monde réel, ou de ce qu'on appelle abstractivement la matière, elle arrive logiquement à l'idéalisation réelle, c'est-à-dire à l'humanisation, à l'émancipation pleine et entière de l'humaine société. Par contre, et par la même raison, la base et le point de départ de l'École idéaliste étant idéaux, elle arrive forcément à la matérialisation de la société, à l'organisation d'un despotisme brutal et d'une exploitation inique et ignoble, sous la forme de l'Église et de l'État. Le développement historique de l'homme, selon l'Ecole matérialiste, est une ascension progressive ; dans le système des idéalistes, il ne peut être qu'une chute continue. Quelque question humaine qu'on veuille considérer, on trouve toujours cette même contradiction essentielle entre les deux écoles. Ainsi, comme je l'ai déjà fait observer, le matérialisme part de l'animalité humaine pour constituer l'humanité : l'idéalisme part de la divinité pour constituer l'esclavage, pour condamner les masses à une animalité sans issue. Le matérialisme nie le libre arbitre, et il aboutit à la constitution de la liberté ; l'idéalisme, au nom de la dignité humaine, proclame le libre arbitre, et, sur les ruines de toute liberté, il fonde l'autorité. Le matérialisme repousse le principe d'autorité, parce qu'il le considère, avec beaucoup de raison, comme le corollaire de l'animalité, et qu'au contraire le triomphe de l'humanité, qui est selon lui, le but et le sens principal de l'histoire, n'est réalisable que par la liberté. En un mot, dans quelque question que ce soit, vous trouverez les idéalistes toujours en flagrant délit de matérialisme pratique, tandis qu'au contraire vous verrez les matérialistes poursuivre et réaliser les aspirations, les pensées les plus largement idéales.

Et Dieu dans tout ça ? L'histoire, dans le système des idéalistes, ai-je dit, ne peut être qu'une chute continue. Ils commencent par une chute terrible, et dont ils ne se relèvent jamais : par le salto mortale divin des régions sublimes de l'Idée pure, absolue, dans la matière. Et observez encore dans quelle matière : non dans cette matière éternellement active et mobile, pleine de propriétés et de forces, de vie et d'intelligence, telle qu'elle se présente à nous dans le monde réel, mais dans la matière abstraite, appauvrie et réduite à la misère absolue par le pillage en règle de ces Prussiens de la pensée, c'est-à-dire des théologiens et des métaphysiciens, qui lui ont tout dérobé pour tout donner à leur Empereur, à leur Dieu, dans cette matière qui, privée de toute propriété, de toute action et de tout mouvement propres, ne représente plus, en opposition à l'idée divine, que la stupidité, l'impénétrabilité, l'inertie et l'immobilité absolues. La chute est si terrible que la Divinité, la personne ou l'idée divine, s'aplatit, perd la conscience d'elle-même et ne se retrouve plus jamais. Et dans cette situation désespérée, elle est encore forcée de faire des miracles ! Car du moment que la matière est inerte, tout mouvement qui se produit dans le monde, même le plus matériel, est un miracle, ne peut être que l'effet d'une intervention divine, de l'action de Dieu sur la matière. Et voilà que cette pauvre Divinité, abrutie et quasi annulée par sa chute, reste quelques milliers de siècles dans cet état d'évanouissement, puis se réveille lentement, s'efforçant toujours en vain de ressaisir quelque vague souvenir d'elle-même ; et chaque mouvement qu'elle fait à cette fin dans la matière devient une création, une formation nouvelle, un miracle nouveau.

De cette manière elle passe par tous les degrés de la matérialité et de la bestialité ; d'abord gaz, corps chimique simple ou composé, pierre minérale, granite. Elle se répand ensuite sur la terre comme organisation végétale et animale, puis se concentre dans l'homme.

Ici, elle semble devoir se retrouver, car elle allume dans chaque être humain une étincelle angélique, une parcelle de son propre être divin, l'âme immortelle. Comment a-t-elle pu parvenir à loger une chose absolument immatérielle dans une chose absolument matérielle, comment le corps peut-il contenir, renfermer, limiter, paralyser l'esprit pur ? Voilà encore une de ces questions que la foi seule, cette affirmation passionnée et stupide de l'absurde, peut résoudre. C'est le plus grand des miracles. Ici, nous n'avons pas à faire autre chose qu'à constater les effets, les conséquences pratiques de ce miracle. Après des milliers de siècles de vains efforts pour revenir à elle-même, la Divinité, perdue et répandue dans la matière qu'elle anime et qu'elle met en mouvement, trouve un point d'appui, une sorte de foyer pour son propre recueillement. C'est l'homme, c'est son âme immortelle emprisonnée singulièrement dans un corps mortel. Mais chaque homme considéré individuellement est infiniment trop restreint, trop petit pour renfermer l'immensité divine ; il ne peut en contenir qu'une très petite parcelle, immortelle comme le Tout, mais infiniment plus petite que le Tout. Il en résulte que l'Être divin, l'Être absolument immatériel, l'Esprit, est divisible comme la matière. Voilà encore un mystère dont il faut laisser la solution à la foi. Si Dieu tout entier pouvait se loger dans chaque homme, alors chaque homme serait Dieu. Nous aurions une immense quantité de dieux, chacun se trouvant limité par tous les autres et tout de même chacun étant infini ; contradiction qui impliquerait nécessairement la destruction mutuelle des hommes, l'impossibilité qu'il y en eût plus d'un.

Quant aux parcelles, c'est autre chose : rien de plus rationnel, en effet, qu'une parcelle soit limitée par une autre, et qu'elle soit plus petite que son Tout. Seulement ici se présente une autre contradiction. Être limité, être plus grand et plus petit, sont des attributs de la matière, non de l'esprit ; de l'esprit tel que l'entendent les matérialistes, sans doute, oui parce que, selon les matérialistes, l'esprit réel n'est rien que le fonctionnement de l'organisme tout à fait matériel de l'homme ; et alors la grandeur ou la petitesse de l'esprit dépendent absolument de la plus ou moins grande perfection matérielle de l'organisme humain. Mais ces mêmes attributs de limitation et de grandeur relative ne peuvent pas être attribués à l'esprit tel que l'entendent les idéalistes, à l'esprit absolument immatériel, à l'esprit existant en dehors de toute matière. Là il ne peut y avoir ni de plus grand, ni de plus petit ni aucune limite entre les esprits, car il n'y a qu'un Esprit : Dieu. Si on ajoute que les parcelles infiniment petites et limitées qui constituent les âmes humaines sont en même temps immortelles, on mettra le comble à la contradiction. Mais c'est une question de foi. Passons outre. Voilà donc la Divinité déchirée, et logée, par infiniment petites parties, dans une immense quantité d'hommes de tout sexe, de tout âge, de toutes races et de toutes couleurs. C'est une situation excessivement incommode et malheureuse pour elle, car les parcelles divines se reconnaissent si peu, au début de leur existence humaine, qu'elles commencent par s'entre-dévorer. Pourtant, au milieu de cet état de barbarie et de brutalité tout à fait animale, les parcelles divines, les âmes humaines, conservent comme un vague souvenir de leur divinité primitive, elles sont invinciblement entraînées vers leur Tout ; elles se cherchent, elles le cherchent.

C'est la Divinité elle-même, répandue et perdue dans le monde matériel, qui se cherche dans les hommes, et elle est tellement abrutie par cette multitude de prisons humaines, dans lesquelles elle se trouve parsemée, qu'en se cherchant elle commet un tas de sottises. Commençant par le fétichisme, elle se cherche et elle s'adore elle-même tantôt dans une pierre, tantôt dans un morceau de bois, tantôt dans un torchon. Il est même fort probable qu'elle ne serait jamais sortie du torchon, si l'autre divinité qui ne s'est pas laissé choir dans la matière, et qui s'est conservée à l'état d'esprit pur dans les hauteurs sublimes de l'idéal absolu, ou dans les régions célestes, n'avait pas eu pitié d'elle. Voilà un nouveau mystère. C'est celui de la Divinité qui se scinde en deux moitiés, mais également totales et infinies toutes les deux, et dont l'une – Dieu le père – se conserve dans les pures régions immatérielles et l'autre – Dieu le fils – se laisse choir dans la matière. Nous allons voir tout à l'heure, entre ces deux Divinités séparées l'une de l'autre, s'établir des rapports continus de haut en bas et de bas en haut ; et ces rapports, considérés comme un seul acte éternel et constant, constitueront le Saint-Esprit. Tel est, dans son véritable sens théologique et métaphysique, le grand, le terrible mystère de la Trinité chrétienne.

Mais quittons au plus vite ces hauteurs, et voyons ce qui se passe sur cette terre.

Dieu le père, voyant, du haut de sa splendeur éternelle, que ce pauvre Dieu le fils, aplati et ahuri par sa chute, s'est tellement plongé et perdu dans la matière qu'arrivé même à l'état humain il ne parvient pas à se retrouver, se décide enfin à l'aider. Entre cette immense quantité de parcelles à la fois immortelles, divines, et infiniment petites, dans lesquelles Dieu le fils s'est disséminé au point de ne plus pouvoir s'y reconnaître, Dieu le père choisit celles qui lui plaisent davantage, et il en fait ses inspirés, ses prophètes, ses « hommes de génie vertueux », les grands bienfaiteurs et législateurs de l'humanité : Zoroastre, Bouddha, Moïse, Confucius, Lycurgue, Solon, Socrate. le divin Platon, et Jésus-Christ avant tout, la complète réalisation de Dieu le fils enfin recueilli et concentré en une seule personne humaine ; tous les apôtres, saint Pierre, saint Paul, et saint Jean surtout ; Constantin le Grand. Mahomet, puis Grégoire VII, Charlemagne, Dante, selon les uns Luther aussi, Voltaire et Rousseau. Robespierre et Danton, et beaucoup d'autres grands et saints personnages historiques dont il est impossible de récapituler tous les noms, mais parmi lesquels, comme Russe, je prie de ne pas oublier saint Nicolas. Nous voici donc arrivés à la manifestation de Dieu sur la terre. Mais aussitôt que Dieu apparaît, l'homme s'anéantit. On dira qu'il ne s'anéantit pas du tout, puisqu'il est lui-même une parcelle de Dieu. Pardon ! J'admets qu'une parcelle, une partie d'un tout déterminé, limité, quelque petite que soit cette partie, soit une quantité, une grandeur positive. Mais une partie, une parcelle de l'infiniment grand, comparée avec lui, est nécessairement infiniment petite. Multipliez des milliards de milliards par des milliards de milliards, leur produit, en comparaison de l'infiniment grand, sera infiniment petit, et l'infiniment petit est égal à zéro.

Dieu est tout, donc l'homme et tout le monde réel avec lui, l'univers, ne sont rien. Vous ne sortirez pas de là. Dieu apparaît, l'homme s'anéantit ; et plus la Divinité devient grande, plus l'humanité devient misérable. Voilà l'histoire de toutes les religions ; voilà l'effet de toutes les inspirations et de toutes les législations divines. Le nom de Dieu est la terrible massue historique avec laquelle les hommes divinement inspirés, les grands génies vertueux, ont abattu la liberté, la dignité, la raison et la prospérité des hommes. Nous avons eu d'abord la chute de Dieu. Nous avons maintenant une chute qui nous intéresse davantage, la chute de l'homme, causée par la seule apparition ou manifestation de Dieu sur la terre. Voyez donc dans quelle erreur profonde se trouvent nos chers et illustres idéalistes. En nous parlant de Dieu, ils croient, ils veulent nous élever, nous émanciper, nous ennoblir, et au contraire ils nous écrasent et nous avilissent. Avec le nom de Dieu, ils s'imaginent pouvoir établir la fraternité parmi les hommes, et au contraire ils créent l'orgueil. le mépris, ils sèment la discorde, la haine, la guerre, ils fondent l'esclavage. Car avec Dieu viennent nécessairement les différents degrés d'inspiration divine : l'humanité se divise en très inspirés, moins inspirés et pas du tout inspirés. Tous sont également nuls devant Dieu, il est vrai ; mais, comparés les uns avec les autres, les uns sont plus grands que les autres ; non seulement par le fait, ce qui ne serait rien, parce qu'une inégalité de fait se perd d'elle-même dans la collectivité lorsqu'elle n'y trouve rien, aucune fiction ou institution légale, à laquelle elle puisse s'accrocher : non, les uns sont plus grands que les autres de par le droit divin de l'inspiration ; ce qui constitue aussitôt une inégalité fixe, constante, pétrifiée.

Les plus inspirés doivent être écoutés et obéis par les moins inspirés : et les moins inspirés par les pas du tout inspirés. Voilà le principe de l'autorité bien établi, et avec lui les deux institutions fondamentales de l'esclavage : l'Église et l'État. De tous les despotismes, celui des doctrinaires ou des inspirés religieux est le pire. Ils sont si jaloux de la gloire de leur Dieu et du triomphe de leur idée qu'il ne leur reste plus de cœur ni pour la liberté, ni pour la dignité. ni même pour les souffrances des hommes vivants des hommes réels. Le zèle divin, la préoccupation de l'idée finissent par dessécher dans les âmes les plus tendres, dans les cœurs les plus humains, les sources de l'amour humain. Considérant tout ce qui est, tout ce qui se fait dans le monde, au point de vue de l'éternité ou de l'idée abstraite, ils traitent avec dédain les choses passagères ; mais toute la vie des hommes réels, des hommes en chair et en os n'est composée que de choses passagères ; eux-mêmes ne sont que des êtres qui passent, et qui, une fois passés, sont bien remplacés par d'autres tout aussi passagers, mais qui ne reviennent jamais en personne. Ce qu'il y a de permanent ou de relativement éternel dans les hommes réels, c'est le fait de l'humanité qui, en se développant constamment, passe, toujours plus riche, d'une génération à une autre. Je dis relativement éternel, parce qu'une fois notre planète détruite – et elle ne peut manquer d'être détruite ou de se détruire tôt ou tard par son propre développement, toute chose qui a eu un commencement devant nécessairement avoir une fin – une fois que notre planète se sera décomposée et dissoute, pour servir sans doute d'élément à quelque formation nouvelle dans le système de l'univers, le seul réellement éternel, qui sait ce qu'il adviendra de tout notre développement humain ?

Pourtant, comme le moment de cette dissolution est immensément éloigné de nous, nous pouvons bien considérer relativement à la vie humaine si courte, l'humanité comme éternelle. Mais ce fait même de l'humanité progressive n'est réel et vivant qu'en tant qu'il se manifeste et se réalise en des temps déterminés, en des lieux déterminés, en des hommes réellement vivants, et non dans son idée générale.

Science et gouvernement de la science

L'idée générale est toujours une abstraction, et, par cela même, en quelque sorte, une négation de la vie réelle. J'ai constaté cette propriété de la pensée humaine, et par conséquent aussi de la science, de ne pouvoir saisir et nommer dans les faits réels que leur sens général, leurs rapports généraux, leurs lois générales ; en un mot, ce qui est permanent, dans leurs transformations continues, mais jamais leur côté matériel, individuel, et pour ainsi dire palpitant de réalité et de vie, mais par-là même fugitif et insaisissable. La science comprend la pensée de la réalité, non la réalité elle-même, la pensée de la vie, non la vie. Voilà sa limite, la seule limite vraiment infranchissable pour elle, parce qu'elle est fondée sur la nature même de la pensée humaine, qui est l'unique organe de la science. Sur cette nature se fondent les droits incontestables et la grande mission de la science, mais aussi son impuissance vitale et même son action malfaisante, toutes les fois que, par ses représentants officiels, patentés, elle s'arroge le droit de gouverner la vie. La mission de la science est celle-ci : en constatant les rapports généraux des choses passagères et réelles, en reconnaissant les lois générales qui sont inhérentes au développement des phénomènes tant du monde physique que du monde social, elle plante pour ainsi dire les jalons immuables de la marche progressive de l'humanité, en indiquant aux hommes les conditions générales dont l'observation rigoureuse est nécessaire et dont l'ignorance ou l'oubli seront toujours fatals. En un mot, la science, c'est la boussole de la vie : mais ce n'est pas la vie. La science est immuable, impersonnelle, générale, abstraite, insensible, comme les lois dont elle n'est rien que la reproduction idéale, réfléchie ou mentale, c'est-à-dire cérébrale (pour nous rappeler que la science elle-même n'est rien qu'un produit matériel d'un organe matériel de l'organisation matérielle de l'homme, le cerveau).

La vie est toute fugitive et passagère, mais aussi toute palpitante de réalité et d'individualité, de sensibilité, de souffrances, de joies, d'aspirations de besoins et de passions. C'est elle seule qui, spontanément, crée les choses et tous les êtres réels. La science ne crée rien, elle constate et reconnaît seulement les créations de la vie. Et toutes les fois que les hommes de la science, sortant de leur monde abstrait, se mêlent de création vivante dans le monde réel, tout ce qu'ils proposent ou créent est pauvre, ridiculement abstrait, privé de sang et de vie, mort-né, pareil à l'homunculus créé par Wagner, non le musicien de l'avenir qui est lui-même une sorte de créateur abstrait, mais le disciple pédant de l'immortel docteur Faust de Goethe. Il en résulte que la science a pour mission unique d'éclairer la vie, non de la gouverner. Le gouvernement de la science et des hommes de la science, s'appelassent-ils même des positivistes, des disciples d'Auguste Comte, ou même des disciples de l'École doctrinaire du communisme allemand, ne peut être qu'impuissant, ridicule, inhumain, Cruel, oppressif, exploiteur, malfaisant. On peut dire des hommes de la science, comme tels, ce que j'ai dit des théologiens et des métaphysiciens : ils n'ont ni sens ni cœur pour les êtres individuels et vivants. On ne peut pas même leur en faire un reproche, car c'est la conséquence naturelle de leur métier. En tant qu'hommes de science ils n'ont à faire, ils ne peuvent prendre intérêt qu'aux généralités, qu'aux lois. La science, qui n'a affaire qu'avec ce qui est exprimable et constant, c'est-à-dire avec des généralités plus ou moins développées et déterminées, perd ici son latin et baisse pavillon devant la vie, qui seule est en rapport avec le côté vivant et sensible, mais insaisissable et indicible, des choses.

Telle est la réelle et on peut dire l'unique limite de la science, une limite vraiment infranchissable. Un naturaliste, par exemple, qui lui-même est un être réel et vivant, dissèque un lapin ; ce lapin est également un être réel, et il a été, au moins il y a à peine quelques heures, une individualité vivante. Après l'avoir disséqué, le naturaliste le décrit : eh bien, le lapin qui sort de sa description est un lapin en général, ressemblant à tous les lapins, privé de toute individualité, et qui par conséquent n'aura jamais la force d'exister, restera éternellement un être inerte et non vivant, pas même corporel, mais une abstraction, l'ombre fixée d'un être vivant. La science n'a affaire qu'avec des ombres pareilles. La réalité vivante lui échappe, et ne se donne qu'à la vie, qui, étant elle-même fugitive et passagère, peut saisir et saisit en effet toujours tout ce qui vit, c'est-à-dire tout ce qui passe ou ce qui fuit. L'exemple du lapin, sacrifié à la science, nous touche peu, parce que, ordinairement, nous nous intéressons fort peu à la vie individuelle des lapins. Il n'en est pas ainsi de la vie individuelle des hommes que la science et les hommes de science, habitués à vivre parmi les abstractions, c'est-à-dire à sacrifier toujours les réalités fugitives et vivantes a leurs ombres constantes, seraient également capables, si on les laissait seulement faire, d'immoler ou au moins de subordonner au profit de leurs généralités abstraites. L'individualité humaine, aussi bien que celle des choses les plus inertes, est également insaisissable et pour ainsi dire non existante pour la science. Aussi les individus vivants doivent-ils bien se prémunir et se sauvegarder contre elle, pour ne point être par elle immolés, comme le lapin, au profit d'une abstraction quelconque ; comme ils doivent se prémunir en même temps contre la théologie, contre la politique et contre la jurisprudence, qui toutes, participant également à ce caractère abstractif de la science, ont la tendance fatale de sacrifier les individus à l'avantage de la même abstraction, appelée seulement par chacune de noms différents, la première l'appelant vérité divine, la seconde bien public, et la troisième justice.

Bien loin de moi de vouloir comparer les abstractions bienfaisantes de la science avec les abstractions pernicieuses de la théologie, de la politique et de la jurisprudence. Ces dernières doivent cesser de régner, doivent être radicalement extirpées de la société humaine – son salut, son émancipation, son humanisation définitive ne sont qu'à ce prix –, tandis que les abstractions scientifiques, au contraire, doivent prendre leur place, non pour régner sur l'humaine société, selon le rêve liberticide des philosophes positivistes, mais pour éclairer son développement spontané et vivant. La science peut bien s'appliquer à la vie, mais jamais s'incarner dans la vie. Parce que la vie, c'est l'agissement immédiat et vivant, le mouvement à la fois spontané et fatal des individualités vivantes. La science n'est que l'abstraction, toujours incomplète et imparfaite, de ce mouvement. Si elle voulait s'imposer à lui comme une doctrine absolue comme une autorité gouvernementale, elle l'appauvrirait, le fausserait et le paralyserait. La science ne peut sortir des abstractions, c'est son règne. Mais les abstractions, et leurs représentants immédiats, de quelque nature qu'ils soient, prêtres, politiciens, juristes, économistes et savants, doivent cesser de gouverner les masses populaires. Tout le progrès de l'avenir est là. C'est la vie et le mouvement de la vie, l'agissement individuel et social des hommes, rendus à leur complète liberté. C'est l'extinction absolue du principe même de l'autorité. Et comment ? Par la propagande la plus largement populaire de la science libre. De cette manière, la masse sociale n'aura plus en dehors d'elle une vérité soi-disant absolue qui la dirige et qui la gouverne, représentée par des individus très intéressés à la garder exclusivement en leurs mains, parce qu'elle leur donne la puissance, et avec la puissance la richesse, le pouvoir de vivre par le travail de la masse populaire.

Mais cette masse aura en elle-même une vérité, toujours relative, mais réelle, une lumière intérieure qui éclairera ses mouvements spontanés et qui rendra inutiles toute autorité et toute direction extérieure. Certes, les savants ne sont pas exclusivement des hommes de la science et sont aussi plus ou moins des hommes de la vie. Toutefois, il ne faut pas trop s'y fier, et, si l'on peut être à peu près sûr qu'aucun savant n'osera traiter aujourd'hui un homme comme il traite un lapin, il est toujours à craindre que le corps des savants, si on le laisse faire, ne soumette les hommes réels et vivants à des expériences scientifiques sans doute moins cruelles, mais qui n'en seraient pas moins désastreuses pour leurs victimes humaines. Si les savants ne peuvent pas faire des expériences sur le corps des hommes individuels, ils ne demanderont pas mieux que d'en faire sur le corps social, et voilà ce qu'il faut absolument empêcher. Dans leur organisation actuelle, monopolisant la science et restant comme tels en dehors de la vie sociale, les savants forment une caste à part qui offre beaucoup d'analogie avec la caste des prêtres. L'abstraction scientifique est leur Dieu, les individualités vivantes et réelles sont leurs victimes. et ils en sont les sacrificateurs patentés. La science ne peut sortir de la sphère des abstractions. Sous ce rapport, elle est infiniment inférieure à l'art, qui, lui aussi, n'a proprement à faire qu'avec des types généraux et des situations générales, mais qui, par un artifice qui lui est propre, sait les incarner dans des formes qui, pour n'être point vivantes, dans le sens de la vie réelle, n'en provoquent pas moins, dans notre imagination, le sentiment ou le souvenir de cette vie ; il individualise en quelque sorte les types et les situations qu'il conçoit, et, par ces individualités sans chair et sans os, et, comme telles, permanentes ou immortelles, qu'il a le pouvoir de créer, il nous rappelle les individualités vivantes, réelles qui apparaissent et qui disparaissent à nos yeux.

L'art est donc en quelque sorte le retour de l'abstraction dans la vie. La science est au contraire l'immolation perpétuelle de la vie fugitive, passagère, mais réelle, sur l'autel des abstractions éternelles. La science est aussi peu capable de saisir l'individualité d'un homme que celle d'un lapin. C'est-à-dire qu'elle est aussi indifférente pour l'une que pour l'autre. Ce n'est pas qu'elle ignore le principe de l'individualité. Elle la conçoit parfaitement comme principe, mais non comme fait. Elle sait fort bien que toutes les espèces animales, y compris l'espèce humaine, n'ont d'existence réelle que dans un nombre indéfini d'individus qui naissent et qui meurent faisant place à des individus nouveaux également passagers. Elle sait qu'à mesure qu'on s'élève des espèces animales aux espèces supérieures, le principe de l'individualité se détermine davantage, les individus apparaissent plus complets et plus libres. Elle sait enfin que l'homme, le dernier et le plus parfait animal sur cette terre, présente l'individualité la plus complète et la plus digne de considération, à cause de sa capacité de concevoir et de concréter, de personnifier en quelque sorte en lui-même, et dans son existence tant sociale que privée, la loi universelle. Elle sait, quand elle n'est point viciée par le doctrinarisme théologique ou métaphysique, politique ou juridique, ou même par un orgueil étroitement scientifique et lorsqu'elle n'est point sourde aux instincts et aux aspirations spontanées de la vie, elle sait, et c'est là son dernier mot, que le respect humain est la loi suprême de l'humanité et que le grand, le vrai but de l'histoire, le seul légitime, c'est l'humanisation et l'émancipation, c'est la liberté réelle, la prospérité réelle, le bonheur de chaque individu réel vivant dans la société.

Car, en fin de compte, à moins de retomber dans la fiction liberticide du bien public représenté par l'État, fiction toujours fondée sur le sacrifice systématique des masses populaires. il faut bien reconnaître que la liberté et la prospérité collectives ne sont réelles que lorsqu'elles représentent la somme des libertés et des prospérités individuelles. La science sait tout cela, mais elle ne va pas, elle ne peut aller au-delà. L'abstraction constituant sa propre nature, elle peut bien concevoir le principe de l'individualité réelle et vivante, mais elle ne saurait avoir rien à faire avec les individus réels et vivants. Elle s'occupe des individus en général, mais non de Pierre et de Jacques, non de tel ou de tel autre individu, qui n'existent point, qui ne peuvent exister pour elle. Ses individus à elle ne sont encore que des abstractions. Et pourtant, ce ne sont pas ces individualités abstraites, ce sont les individus réels, vivants, passagers, qui font l'histoire. Les abstractions n'ont point de jambes pour marcher, elles ne marchent que lorsqu'elles sont portées par des hommes vivants. Pour ces êtres réels, composés, non en idée seulement, mais en réalité de chair et de sang, la science n'a pas de cœur. Elle les considère tout au plus comme de la chair à développement intellectuel et social. Que lui font les conditions particulières et le sort fortuit de Pierre et de Jacques ? Elle se rendrait ridicule, elle abdiquerait et s'annulerait, si elle voulait s'en occuper autrement que comme d'un exemple fortuit à l'appui de ses théories éternelles. Et il serait ridicule de lui en vouloir pour cela, car ce n'est pas là sa mission. Elle ne peut saisir le concret ; elle ne peut se mouvoir que dans les abstractions. Sa mission, c'est de s'occuper de la situation et des conditions générales de l'existence et du développement soit de l'espèce humaine en général, soit de telle race, de tel peuple, de telle classe ou catégorie d'individus, des causes générales de leur prospérité ou de leur décadence et des moyens généraux pour les faire avancer en toutes sortes de progrès.

Pourvu qu'elle remplisse largement et rationnellement cette besogne, elle aura rempli tout son devoir, et il serait vraiment ridicule et injuste de lui en demander davantage. Mais il serait également ridicule, il serait désastreux de lui confier une mission qu'elle est incapable de remplir. Puisque sa propre nature la force d'ignorer l'existence et le sort de Pierre et de Jacques, il ne faut jamais lui permettre, ni à elle ni à personne en son nom, de gouverner Pierre et Jacques. Car elle serait bien capable de les traiter à peu près comme elle traite les lapins. Ou plutôt, elle continuerait de les ignorer ; mais ses représentants patentés, hommes nullement abstraits mais au contraire très vivants, ayant des intérêts très réels, cédant à l'influence pernicieuse que le privilège exerce fatalement sur les hommes, finiront par les écorcher au nom de la science, comme les ont écorchés jusqu'ici les prêtres, les politiciens de toute couleur et les avocats, au nom de Dieu, de l'État et du droit juridique. Ce que je prêche, c'est donc, jusqu'à un certain point, la révolte de la vie contre la science, ou plutôt contre le gouvernement de la science. Non pour détruire la science – à Dieu ne plaise ! Ce serait un crime de lèse-humanité –, mais pour la remettre à sa place, de manière à ce qu'elle ne puisse plus jamais en sortir. Jusqu'à présent toute l'histoire humaine n'a été qu'une immolation perpétuelle et sanglante de millions de pauvres êtres humains en l'honneur d'une abstraction impitoyable quelconque : dieux, patrie, puissance de l'État, honneur national, droits historiques, droits juridiques, liberté politique, bien public. Tel fut jusqu'à ce jour le mouvement naturel spontané et fatal des sociétés humaines. Nous ne pouvons rien y faire, nous devons bien l'accepter, quant au passé, comme nous acceptons toutes les fatalités naturelles.

Il faut croire que c'était la seule voie possible pour l'éducation de l'espèce humaine. Car il ne faut pas s'y tromper : même en faisant la part la plus large aux artifices machiavéliques des classes gouvernantes, nous devons reconnaître qu'aucune minorité n'eût été assez puissante pour imposer tous ces horribles sacrifices aux masses humaines s'il n'y avait eu dans ces masses elles-mêmes un mouvement vertigineux, spontané, qui les poussât sans cesse à se sacrifier à l'une de ces abstractions dévorantes qui, comme les vampires de l'histoire, se sont toujours nourries de sang humain. Que les théologiens, les politiciens et les juristes trouvent cela fort beau, cela se conçoit. Prêtres de ces abstractions, ils ne vivent que du sacrifice continuel des masses populaires. Que la métaphysique y donne aussi son consentement ne doit pas nous étonner non plus. Elle n'a d'autre mission que de légitimer et rationaliser autant que possible ce qui est inique et absurde. Mais que la science positive elle-même ait montré jusqu'ici les mêmes tendances, voilà ce que nous devons constater et déplorer. Elle n'a pu le faire que pour deux raisons : d'abord parce que, constituée en dehors de la vie populaire, elle est représentée par un corps privilégié ; ensuite, parce qu'elle s'est posée elle-même, jusqu'ici, comme le but absolu et dernier de tout développement humain ; tandis que par une critique judicieuse, qu'elle est capable et qu'en dernière instance elle se verra forcée d'exercer contre elle-même, elle aurait dû comprendre qu'elle n'est elle-même qu'un moyen nécessaire pour la réalisation d'un but bien plus élevé, celui de la complète humanisation de la situation réelle de tous les individus réels qui naissent, qui vivent et qui meurent sur la terre.

L'immense avantage de la science positive sur la théologie, la métaphysique, la politique et le droit juridique consiste en ceci, qu'à la place des abstractions mensongères et funestes prônées par ces doctrines, elle pose des abstractions vraies qui expriment la nature générale ou la logique même des choses, leurs rapports généraux et les lois générales de leur développement. Voilà ce qui la sépare profondément de toutes les doctrines précédentes et ce qui lui assurera toujours une grande position dans l'humaine société. Elle constituera en quelque sorte sa conscience collective. Mais il est un côté par lequel elle se rallie absolument à toutes ces doctrines, c'est qu'elle n'a et ne peut avoir pour objet que des abstractions, et qu'elle est forcée, par sa nature même, d'ignorer les individus réels, en dehors desquels les abstractions même les plus vraies n'ont point de réelle existence. Pour remédier à ce défaut radical, voici la différence qui devra s'établir entre l'agissement pratique des doctrines précédentes et celui de la science positive. Les premières se sont prévalues de l'ignorance des masses pour les sacrifier avec volupté à leurs abstractions, d'ailleurs toujours très lucratives pour leurs représentants. La seconde, reconnaissant son incapacité absolue de concevoir les individus réels et de s'intéresser à leur sort, doit définitivement et absolument renoncer au gouvernement de la société ; car si elle s'en mêlait, elle ne pourrait faire autrement que de sacrifier toujours les hommes vivants, qu'elle ignore, à ses abstractions qui forment l'unique objet de ses préoccupations légitimes. La vraie science de l'histoire, par exemple, n'existe pas encore, et c'est à peine si on commence à en entrevoir aujourd'hui les conditions extrêmement compliquées.

Mais supposons-la enfin aboutie : que pourra-t-elle nous donner ? Elle rétablira le tableau raisonné et fidèle du développement naturel des conditions générales, tant matérielles qu'idéelles, tant économiques que politiques et sociales, religieuses philosophiques, esthétiques et scientifiques, des sociétés qui ont eu une histoire. Mais ce tableau universel de la civilisation humaine, si détaillé qu'il soit, ne pourra jamais contenir que des appréciations générales et par conséquent abstraites, dans ce sens que les milliards d'individus humains qui ont formé la matière vivante et souffrante de cette histoire, à la fois triomphante et lugubre – triomphante au point de vue de ses résultats généraux, lugubre au point de vue de l'immense hécatombe de victimes humaines « écrasées sous son char » –, que ces milliards d'individus obscurs, mais sans lesquels aucun de ces grands résultats abstraits de l'histoire n'eût été obtenu, et qui, notez-le bien, n'ont jamais profité d'aucun de ces résultats, ne trouveront pas même la moindre petite place dans l'histoire. Ils ont vécu, et ils ont été immolés, écrasés pour le bien de l'humanité abstraite, voilà tout. Faudra-t-il en faire un reproche à la science de l'histoire ? Ce serait ridicule et injuste. Les individus sont insaisissables pour la pensée, pour la réflexion, même pour la parole humaine, qui n'est capable d'exprimer que des abstractions ; insaisissables dans le présent, aussi bien que dans le passé. Donc la science sociale elle-même, la science de l'avenir, continuera forcément de les ignorer. Tout ce que nous avons le droit d'exiger d'elle, c'est qu'elle nous indique, d'une main ferme et fidèle, les causes générales des souffrances individuelles – et parmi ces causes elle n'oubliera sans doute pas l'immolation et la subordination, hélas ! trop habituelles encore, des individus vivants aux généralités abstraites ; et qu'en même temps elle nous montre les conditions générales nécessaires à l'émancipation réelle des individus vivant dans la société.

Voilà sa mission, voilà aussi ses limites, au-delà desquelles l'action de la science sociale ne saurait être qu'impuissante et funeste. Car au-delà de ces limites commencent les prétentions doctrinaires et gouvernementales de ses représentants patentés, de ses prêtres. Et il est bien temps d'en finir avec tous les papes et les prêtres ; nous n'en voulons plus, alors même qu'ils s'appelleraient des démocrates-socialistes. Encore une fois, l'unique mission de la science, c'est d'éclairer la route. Mais la vie seule, délivrée de toutes les entraves gouvernementales et doctrinaires et rendue à la plénitude de son action spontanée, peut créer. Comment résoudre cette antinomie ? D'un côté, la science est indispensable à l'organisation rationnelle de la société ; d'un autre côté, incapable de s'intéresser à ce qui est réel et vivant, elle ne doit pas se mêler de l'organisation réelle ou pratique de la société. Cette contradiction ne peut être résolue que d'une seule manière : par la liquidation de la science comme être moral existant en dehors de la vie sociale, et représenté, comme tel, par un corps de savants patentés ; par sa diffusion dans les masses populaires. La science, étant appelée désormais à représenter la conscience collective de la société doit réellement devenir la propriété de tout le monde. Par là, sans rien perdre de son caractère universel, dont elle ne pourra jamais se départir, sous peine de cesser d'être la science, et tout en continuant de ne s'occuper exclusivement que des causes générales des conditions générales et des rapports généraux des individus et des choses, elle se fondra dans les faits avec la vie immédiate et réelle de tous les individus humains. Ce sera un mouvement analogue à celui qui a fait dire aux protestants, au commencement de la Réforme religieuse, qu'il n'y avait plus besoin de prêtres, tout homme devenant désormais son propre prêtre, tout homme, grâce à l'intervention invisible, unique, de Notre-Seigneur Jésus-Christ, étant enfin parvenu à avaler son bon Dieu.

Mais ici il ne s'agit ni de Notre-Seigneur Jésus-Christ, ni du bon Dieu, ni de la liberté politique, ni du droit juridique, toutes choses soit théologiquement, soit métaphysiquement révélées, et toutes également indigestes, comme on sait. Le monde des abstractions scientifiques n'est point révélé ; il est inhérent au monde réel, dont il n'est rien que l'expression et la représentation générale ou abstraite. Tant qu'il forme une région séparée, représentée spécialement par le corps des savants, ce monde idéal nous menace de prendre, vis-à-vis du monde réel, la place du bon Dieu, réservant à ses représentants patentés l'office de prêtres. C'est pour cela qu'il faut dissoudre l'organisation sociale séparée de la science par l'instruction générale, égale pour tous et pour toutes, afin que les masses, cessant d'être des troupeaux menés et tondus par des pasteurs privilégiés, puissent prendre désormais en main leur destinée historique[2]. Mais tant que les masses ne seront pas arrivées à ce degré d'instruction, faudra-t-il

---

2 La science, en devenant le patrimoine de tout le monde, se mariera en quelque sorte avec la vie immédiate et réelle de chacun. Elle gagnera en utilité et en grâce ce qu'elle aura perdu en orgueil, en ambition et en pédantisme doctrinaires. Ce qui n'empêchera pas, sans doute, que des hommes de génie, mieux organisés pour les spéculations scientifiques que la majorité de leurs contemporains, ne s'adonnent plus exclusivement que les autres à la culture des sciences, et ne rendent de grands services à l'humanité, sans ambitionner toutefois d'autre influence sociale que l'influence naturelle qu'une intelligence supérieure ne manque jamais d'exercer sur son milieu, ni d'autre récompense que la haute jouissance que tout esprit d'élite trouve dans la satisfaction d'une noble passion.

qu'elles se laissent gouverner par les hommes de la science ? À Dieu ne plaise ! Il vaudrait mieux pour elles se passer de la science que de se laisser gouverner par des savants.

Le gouvernement des savants aurait pour première conséquence de rendre la science inaccessible au peuple et serait nécessairement un gouvernement aristocratique, parce que l'institution actuelle de la science est une institution aristocratique. L'aristocratie de l'intelligence ! Au point de vue pratique la plus implacable, et au point de vue social la plus arrogante et la plus insultante : tel serait le régime d'une société gouvernée par la science. Ce régime serait capable de paralyser la vie et le mouvement dans la société. Les savants, toujours présomptueux, toujours suffisants, et toujours impuissants, voudraient se mêler de tout, et toutes les sources de la vie se dessécheraient sous leur souffle abstrait et savant. Encore une fois, la vie, non la science, crée la vie ; l'action spontanée du peuple lui-même peut seule créer la liberté populaire. Sans doute, il serait fort heureux si la science pouvait, dès aujourd'hui, éclairer la marche spontanée du peuple vers son émancipation. Mais mieux vaut l'absence de lumière qu'une fausse lumière allumée parcimonieusement du dehors avec le but évident d'égarer le peuple. D'ailleurs le peuple ne manquera pas absolument de lumière. Ce n'est pas en vain qu'il a parcouru une longue carrière historique et qu'il a payé ses erreurs par des siècles de souffrances horribles. Le résumé pratique de ces douloureuses expériences constitue une sorte de science traditionnelle, qui, sous certains rapports, vaut bien la science théorique. Enfin une partie de la jeunesse studieuse, ceux d'entre les jeunes bourgeois qui se sentiront assez de haine contre le mensonge, contre l'hypocrisie, contre l'iniquité et contre la lâcheté de la bourgeoisie, pour trouver en eux-mêmes le courage de lui tourner le dos, et assez de noble passion pour embrasser sans réserve la cause juste et humaine du prolétariat, ceux-là seront, comme je l'ai déjà dit plus haut, les instructeurs fraternels du peuple ; en lui apportant les connaissances qui lui manquent encore, ils rendront parfaitement inutile le gouvernement des savants.

Si le peuple doit se garder du gouvernement des savants, à plus forte raison doit-il se prémunir contre celui des idéalistes inspirés. Plus ces croyants et ces poètes du ciel sont sincères et plus ils deviennent dangereux. L'abstraction scientifique, ai-je dit, est une abstraction rationnelle, vraie dans son essence nécessaire à la vie dont elle est la représentation théorique la conscience. Elle peut, elle doit être absorbée et digérée par la vie. L'abstraction idéaliste, Dieu, est un poison corrosif qui détruit et décompose la vie, qui la fausse et la tue. L'orgueil des savants, n'étant rien qu'une arrogance personnelle, peut être ployé et brisé. L'orgueil des idéalistes n'étant point personnel, mais un orgueil divin, est invincible et implacable. Il peut, il doit mourir, mais il ne cédera jamais, et, tant qu'il lui restera un souffle, il tendra à l'asservissement du monde sous le talon de son Dieu, comme les lieutenants de la Prusse, ces idéalistes pratiques de l'Allemagne, voudraient le voir écrasé sous la botte éperonnée de leur roi. C'est la même foi – les objets n'en sont même pas beaucoup différents – et le même résultat de la foi, l'esclavage. C'est en même temps le triomphe du matérialisme le plus crasse et le plus brutal. Il n'est pas besoin de le démontrer pour l'Allemagne, car il faudrait être aveugle vraiment pour ne pas le voir, à l'heure qu'il est. Mais je crois encore nécessaire de le démontrer, par rapport à l'idéalisme divin.

Matérialité de l'esprit de l'homme et création de dieux

L'homme, comme toute chose dans le monde, est un être complètement matériel. L'esprit, la faculté de penser, de recevoir et de réfléchir les diverses sensations tant extérieures qu'intérieures, de s'en souvenir alors qu'elles sont passées et de les reproduire par l'imagination, de les comparer et de les distinguer, d'en abstraire les déterminations communes et de créer par-là même des notions générales ou abstraites, enfin de former les idées, en groupant et en combinant ces dernières, selon des modes différents, l'intelligence en un mot, l'unique créateur de tout notre monde idéal, est une propriété du corps animal et notamment de l'organisation toute matérielle du cerveau. Nous le savons de la manière la plus certaine, par l'expérience universelle, qu'aucun fait n'a jamais démentie et que tout homme peut vérifier à chaque instant de sa vie. Dans tous les animaux, sans excepter les espèces les plus inférieures, nous trouvons un certain degré d'intelligence, et nous voyons que, dans la série des espèces, l'intelligence animale se développe d'autant plus que l'organisation d'une espèce se rapproche davantage de celle de l'homme mais que dans l'homme seul, elle arrive à cette puissance d'abstraction qui constitue proprement la pensée. L'expérience universelle[3] qui, au bout du compte, est l'unique base et la source

---

3   Il faut bien distinguer l'expérience universelle, sur laquelle se fonde toute la science, de la foi universelle, sur laquelle les idéalistes veulent appuyer leurs croyances : la première est une constatation réelle de faits réels : la seconde

réelle de toutes nos connaissances, nous démontre donc, primo, que toute intelligence est toujours attachée à un corps animal quelconque, et, secundo, que l'intensité, la puissance de cette fonction animale dépend de la perfection relative de l'organisation animale.

Ce second résultat de l'expérience universelle n'est point applicable seulement aux différentes espèces animales : nous le constatons également chez les hommes, dont la puissance intellectuelle et morale dépend d'une manière par trop évidente de la plus ou moins grande perfection de leur organisme, comme race, comme nation, comme classe et comme individus, pour qu'il soit nécessaire de beaucoup insister sur ce point[4]. D'un autre côté, il est

____

n'est qu'une supposition de faits que personne n'a jamais vus et qui par conséquent sont en contradiction avec l'expérience de tout le monde.

4   Les idéalistes, tous ceux qui croient en l'immatérialité et en l'immortalité de l'âme humaine, doivent être fort embarrassés de la différence qui existe entre les intelligences des races, des peuples et des individus. À moins de supposer que les parcelles divines ont été inégalement distribuées, comment expliqueront-ils cette différence ? Il y a malheureusement un nombre trop considérable d'hommes tout à fait stupides, bêtes jusqu'à l'idiotie. Auraient-ils donc reçu en partage une parcelle à la fois divine et stupide ? Pour sortir de cet embarras, les idéalistes doivent nécessairement supposer que toutes les âmes humaines sont égales, mais que les prisons dans lesquelles elles se trouvent enfermées – les corps humains – sont inégales, les unes plus capables que les autres de servir d'organe à l'intellectualité pure de l'âme. Une âme aurait de cette manière des organes très fins, une autre des organes très grossiers à sa disposition. Mais ce sont là des distinctions dont l'idéalisme n'a pas le droit de se servir, dont il ne peut se servir sans tomber lui-même dans l'inconséquence et dans le matérialisme le plus grossier. Car devant l'absolue immatérialité de l'âme, toutes les différences corporelles disparaissent, tout ce qui est corporel, matériel, devant apparaître comme indifféremment, également, absolument grossier. L'abîme qui sépare l'âme du corps. L'absolue immatérialité de la matérialité absolue, est infini ; par conséquent toutes les différences, inexplicables d'ailleurs et logiquement impossibles, qui pourraient exister de l'autre côté de l'abîme, dans la matière, doivent être pour l'âme nulles et non avenues et ne peuvent, ne doivent exercer sur elle aucune influence. En un mot, l'absolument immatériel ne peut être contenu, emprisonné, et encore moins exprimé, à quelque degré que ce soit, par l'absolument matériel. De toutes les imaginations grossières et matérialistes, dans le sens attaché par les idéalistes à ce mot, c'est-à- dire brutales, qui aient été engendrées par

certain qu'aucun homme n'a jamais vu ni pu voir l'esprit pur, détaché de toute forme matérielle, existant séparément d'un corps animal quelconque. Mais si personne ne l'a vu, comment les hommes ont-ils pu arriver à croire à son existence ? Car le fait de cette croyance est notoire, et, sinon universel comme le prétendent les idéalistes, au moins très général ; et, comme tel, il est tout à fait digne de notre attention respectueuse, car une croyance générale, si sotte qu'elle soit, exerce toujours une influence trop puissante sur les destinées humaines pour qu'il puisse être permis de l'ignorer ou d'en faire abstraction. Cette croyance historique s'explique d'ailleurs d'une manière naturelle et rationnelle.

L'exemple que nous offrent les enfants et les adolescents, voire beaucoup d'hommes qui ont bien dépassé l'âge de la majorité, nous prouve que l'homme peut exercer longtemps ses facultés mentales avant de se rendre compte de la manière dont il les exerce, avant d'arriver à la conscience nette et claire de cet exercice. Dans cette période du fonctionnement de l'esprit inconscient de lui-même, de cette action de l'intelligence naïve ou croyante, l'homme, obsédé par le monde extérieur et poussé par cet aiguillon intérieur qui s'appelle la vie et les multiples besoins de la vie, crée une quantité d'imaginations, de notions et d'idées, nécessairement très imparfaites d'abord, très peu conformes à la réalité des choses et des faits qu'elles s'efforcent d'exprimer. Et comme il n'a pas la conscience de sa propre action intelligente. Comme il ne sait pas encore que c'est lui-même qui a produit et qui continue de produire ces imaginations, ces notions, ces idées, comme il ignore lui-même leur origine toute subjective, c'est-à-dire humaine, il les considère naturellement, nécessairement, comme des êtres objectifs, comme des êtres réels, tout à fait indépendants de lui et comme existant par eux-mêmes.

l'ignorance et par la stupidité primitives des hommes, celle d'une âme immatérielle emprisonnée dans un corps matériel est certainement la plus grossière, la plus crasse ; et rien ne prouve mieux la toute-puissance exercée même sur les meilleurs esprits par des préjugés antiques que ce fait vraiment déplorable que des hommes doués d'une haute intelligence puissent en parler encore aujourd'hui.

C'est ainsi que les peuples primitifs, émergeant lentement de leur innocence animale, ont créé leurs dieux. Les ayant créés, ne se doutant pas qu'ils en étaient eux-mêmes les créateurs uniques, ils les ont adorés : les considérant comme des êtres réels, infiniment supérieurs à eux-mêmes, ils leur ont attribué la toute-puissance, et se sont reconnus pour leurs créatures, leurs esclaves. A mesure que les idées humaines se développaient davantage, les dieux, qui, comme je l'ai déjà observé, n'en ont jamais été que la réverbération fantastique, idéale, poétique, où l'image renversée, s'idéalisaient aussi.

D'abord fétiches grossiers, ils devinrent peu à peu des esprits purs, existant en dehors du monde visible, et enfin, à la suite d'un long développement historique, ils finirent par se confondre en un seul Être divin, Esprit pur, éternel, absolu, créateur et maître des mondes. Dans tout développement, juste ou faux, réel ou imaginaire, tant collectif qu'individuel, c'est toujours le premier pas qui coûte, le premier acte qui est le plus difficile. Une fois ce pas franchi et, ce premier acte accompli, le reste se déroule naturellement comme une conséquence nécessaire. Ce qui était difficile dans le développement historique de cette terrible folie religieuse qui continue encore de nous obséder et de nous écraser c'était donc de poser un monde divin tel quel, en dehors du monde réel. Ce premier acte de folie, si naturel au point de vue psychologique et par conséquent nécessaire dans l'histoire de l'humanité, ne s'accomplit pas d'un seul coup. Il a fallu je ne sais combien de siècles pour développer et pour faire pénétrer cette croyance dans les habitudes mentales des hommes. Mais, une fois établie, elle est devenue toute-puissante, comme le devient nécessairement toute folie qui s'empare du cerveau humain. Prenez un fou : quel que soit l'objet spécial de sa folie, vous trouverez que l'idée obscure et fixe qui l'obsède lui paraît la plus naturelle du monde, et qu'au contraire les choses naturelles et réelles qui sont en contradiction avec elle lui sembleront des folies ridicules et odieuses. Eh bien, la religion est une folie collective, d'autant plus puissante qu'elle est une folie traditionnelle et que son origine se perd dans l'antiquité la plus reculée. Comme folie collective, elle a pénétré dans tous les détails tant publics que privés de l'existence sociale d'un peuple, elle s'est incarnée dans la société, elle en est devenue pour ainsi dire l'âme et la pensée collective.

Tout homme en est enveloppé depuis sa naissance, il la suce avec le lait de sa mère, l'absorbe avec tout ce qu'il entend, tout ce qu'il voit. Il en a été si bien nourri, empoisonné, pénétré dans tout son être que plus tard, quelque puissant que soit son esprit naturel, il a besoin de faire des efforts inouïs pour s'en délivrer, et encore n'y parvient-il jamais d'une manière complète. Nos idéalistes modernes en sont une preuve, et nos matérialistes doctrinaires, les communistes allemands, en sont une autre. Ils n'ont pas su se défaire de la religion de l'État. Une fois le monde surnaturel, le monde divin, bien établi dans l'imagination traditionnelle des peuples, le développement des différents systèmes religieux a suivi son cours naturel et logique, toujours conforme d'ailleurs au développement contemporain et réel des rapports économiques et politiques dont il a été en tout temps, dans le monde de la fantaisie religieuse, la reproduction fidèle et la consécration divine. C'est ainsi que la folie collective et historique qui s'appelle religion s'est développée depuis le fétichisme, en passant par tous les degrés du polythéisme, jusqu'au monothéisme chrétien.

Constitution du christianisme

Le second pas, dans le développement des croyances religieuses, et le plus difficile sans doute après l'établissement d'un monde divin séparé, ce fut précisément cette transition du polythéisme au monothéisme, du matérialisme religieux des païens à la foi spiritualiste des chrétiens. Les dieux païens, et c'était là leur caractère principal, étaient avant tout des dieux exclusivement nationaux. Puis, comme ils étaient nombreux, ils conservèrent nécessairement plus ou moins un caractère matériel, ou plutôt c'est parce qu'ils étaient encore matériels qu'ils furent, si nombreux, la diversité étant un des attributs principaux du monde réel. Les dieux païens n'étaient pas encore proprement la négation des choses réelles, ils n'en étaient que l'exagération fantastique[5]. Pour établir sur

---

5   Nous avons vu combien cette transition a coûté au peuple juif dont elle a constitué pour ainsi dire toute l'histoire. Moïse et les prophètes avaient beau lui prêcher, il retombait toujours dans son idolâtrie primitive, dans la foi antique, comparativement beaucoup plus naturelle, plus commode, en beaucoup de dieux plus matériels, plus humains, plus palpables. Jéhovah lui-même, leur Dieu unique, le Dieu de Moïse et des prophètes, était encore un Dieu excessivement national – ne se servant pour récompenser et pour punir ses fidèles, son peuple élu, que d'arguments matériels –, souvent stupide et toujours grossier et féroce. Il ne semble pas même que la foi en son existence ait impliqué la négation de l'existence des dieux primitifs. Il n'en reniait pas l'existence, seulement il ne voulait pas que son peuple les adorât à côté de lui ; parce qu'avant tout, Jéhovah était un Dieu très jaloux et son premier commandement fut celui-ci : « Je suis ton Dieu et tu n'adoreras pas d'autres Dieux que moi » Jéhovah ne fut donc qu'une ébauche première très matérielle, très grossière de l'Être suprême de l'idéalisme moderne. Il n'était d'ailleurs

les ruines de leurs autels si nombreux l'autel d'un Dieu unique et suprême, maître du monde, il a donc fallu que fût détruite d'abord l'existence autonome des différentes nations qui composaient le monde païen ou antique. C'est ce que firent très brutalement les Romains, qui, en conquérant la plus grande partie du monde connu des anciens, créèrent en quelque sorte la première ébauche, sans doute tout à fait négative et grossière, de l'humanité. Un Dieu qui s'élevait ainsi au-dessus de toutes les différences nationales, tant

qu'un Dieu national, comme le Dieu russe qu'adorent les généraux allemands, sujets du tsar et patriotes de l'Empire de toutes les Russies, comme le Dieu allemand que vont proclamer les piétistes, et les généraux allemands sujets de Guillaume 1er à Berlin. L'Être suprême ne peut être un Dieu national, il doit être celui de l'humanité tout entière. L'Être suprême ne peut être non plus un être matériel, il doit être la négation de toute matière, l'esprit pur. Pour la réalisation du culte de l'Être suprême, il a fallu donc deux choses : 1° une réalisation telle quelle de l'humanité, par la négation des nationalités et des cultes nationaux ; 2° un développement déjà très avancé des idées métaphysiques pour spiritualiser le Jéhovah si grossier des Juifs. La première condition fut remplie par les Romains d'une manière très négative sans doute, par la conquête de la plus grande partie des pays connus des anciens et par la destruction de leurs institutions nationales. Les dieux de toutes les nations vaincues réunis au Panthéon s'annulèrent mutuellement. Ce fut la première ébauche très grossière et tout à fait négative de l'humanité. Quant à la seconde condition, elle fut réalisée par les Grecs bien avant la conquête des Romains. Ils ont été les créateurs de la métaphysique. La Grèce, à son berceau historique, avait déjà trouvé un monde divin définitivement établi dans la foi traditionnelle des peuples ; ce monde lui avait été légué et matériellement apporté par l'Orient. Dans sa période instinctive, antérieure à son histoire politique, elle l'avait développé et prodigieusement humanisé par ses poètes ; et, lorsqu'elle commença proprement son histoire, elle avait déjà une religion toute faite, la plus sympathique et la plus noble de toutes les religions qui aient jamais existé, autant qu'une religion, c'est-à-dire un mensonge, peut être sympathique et noble. Ses grands penseurs, et aucun peuple n'en eut de plus grands que la Grèce, trouvant le monde divin établi, et en dehors d'eux-mêmes, dans le peuple, et en eux-mêmes, comme habitude de sentir et de penser, le prirent nécessairement pour point de départ. Ce fut déjà beaucoup qu'ils ne firent pas de théologie, c'est-à-dire qu'ils ne se morfondirent pas à réconcilier avec la raison naissante les absurdités de tel ou tel autre Dieu, comme le firent au Moyen-Âge les scolastiques. Ils laissèrent les dieux en dehors de leurs spéculations et s'adressèrent directement à l'idée divine, une, matérielles que sociales, de tous les pays, qui en était, en quelque sorte la négation directe, devait être nécessairement un être immatériel et abstrait.

Mais la foi si difficile en l'existence d'un être pareil n'a pu naître d'un seul coup. Aussi fut-elle longuement préparée et développée par la métaphysique grecque, qui établit la première, d'une manière philosophique, la notion de l'Idée divine, modèle éternellement créateur et toujours reproduit par le monde visible. Mais la Divinité

____

invisible, toute-puissante, éternelle et absolument spirituelle, mais non personnelle. Sous le rapport du spiritualisme. Les métaphysiciens grecs furent donc, beaucoup plus que les Juifs, les créateurs du Dieu chrétien. Les Juifs n'y ont ajouté que la brutale personnalité de leur Jéhovah. Qu'un génie sublime comme le divin Platon ait pu être absolument convaincu de la réalité de l'idée divine, cela nous démontre combien est contagieuse, combien est toute-puissante la tradition de la folie religieuse, même par rapport aux plus grands esprits. D'ailleurs, il ne faut pas s'en étonner, puisque même de nos jours, le plus grand génie philosophique qui ait existé depuis Aristote et Platon, Hegel, malgré même la critique d'ailleurs imparfaite et trop métaphysique de Kant qui avait démoli l'objectivité ou la réalité des idées divines, s'est efforcé de les replacer de nouveau sur leur trône transcendant ou céleste. Il est vrai qu'il s'y est pris d'une manière si peu polie qu'il a définitivement tué le bon Dieu : il a enlevé à ces idées leur couronne divine en montrant, à qui savait le lire, comment elles ne furent jamais qu'une pure création de l'esprit humain, courant à travers toute l'histoire à la recherche de lui-même. Pour mettre fin à toutes les folies religieuses et au mirage divin, il ne lui manquait seulement que de prononcer ce grand mot, qui fut dit après lui, presque en même temps, par deux grands esprits, sans aucune entente mutuelle et sans qu'ils eussent jamais entendu parler l'un de l'autre : Ludwig Feuerbach, le disciple et le démolisseur de Hegel en Allemagne, et Auguste Comte, le fondateur de la philosophie positive en France. Ce mot est celui-ci : la métaphysique se réduit à la psychologie. Tous les systèmes de métaphysique n'ont jamais été rien d'autre que la psychologie humaine se développant dans l'histoire. Maintenant il ne nous est plus difficile de comprendre comment les idées divines sont nées, comment elles ont été créées successivement par la faculté abstractive de l'homme. Mais à l'époque de Platon, cette connaissance était impossible. L'esprit collectif et par conséquent aussi l'esprit individuel, même du plus grand génie, n'était point mûr pour cela. À peine avait-il dit avec Socrate : « Connais-toi toi-même. » Cette connaissance de soi-même n'existait qu'à l'état d'intuition ; dans le fait elle était nulle. Par conséquent, il était impossible que l'esprit humain se doutât qu'il était, lui, le seul créateur du conçue et créée par la philosophie grecque était une divinité impersonnelle, aucune métaphysique, lorsqu'elle est conséquente et sincère, ne pouvant s'élever, ou plutôt ne pouvant se rabaisser jusqu'à l'idée d'un Dieu personnel. Il a fallu donc trouver un Dieu qui fût unique et qui fût très personnel à la fois. Il se trouva dans la personne très brutale, très égoïste, très cruelle de Jéhovah, le dieu national des Juifs. Mais les Juifs, malgré cet esprit national exclusif qui les distingue encore aujourd'hui, étaient devenus de fait, bien avant la naissance du Christ, le peuple le plus international du monde. Entraînés en partie comme captifs, mais beaucoup plus encore poussés par cette passion mercantile qui constitue l'un des traits principaux de leur caractère national, ils s'étaient répandus dans tous les pays, portant partout le culte de leur Jéhovah, auquel ils devenaient d'autant plus fidèles qu'il les abandonnait davantage. À

---

monde divin. Il le trouva devant lui, il le trouva comme tradition, comme sentiment, comme habitude de penser en lui-même, et il en fit nécessairement l'objet de ses plus hautes spéculations. C'est ainsi que naquit la métaphysique, et que les idées divines, bases du spiritualisme, furent développées et perfectionnées. Il est vrai qu'après Platon, il y eut dans le développement de l'esprit comme un mouvement inverse. Aristote, le vrai père de la science et de la philosophie positives, ne nia point le monde divin, mais il s'en occupa aussi peu que possible : il étudia le premier, comme un analyste et un expérimentateur qu'il était, la logique, les lois de la pensée humaine, et en même temps le monde physique, non dans son essence idéale, illusoire, mais sous son aspect réel. Après lui, les Grecs d'Alexandrie fondèrent la première école des sciences positives. Ils furent athées. Mais leur athéisme resta sans influence sur leurs contemporains. La science tendit de plus en plus à s'isoler de la vie. Il y eut aussi, après Platon, dans la métaphysique même, une négation des idées divines. Elle fut soulevée par les épicuriens et par les sceptiques, deux sectes qui contribuèrent beaucoup à dépraver l'aristocratie romaine, mais restèrent sans influence aucune sur les masses. Une autre école, infiniment plus influente, s'était formée à Alexandrie. Ce fut l'école des néo-platoniciens. Confondant dans un mélange impur les imaginations monstrueuses de l'Orient avec les idées de Platon, ils furent les vrais préparateurs et plus tard les élaborateurs des dogmes chrétiens. Ainsi, l'égoïsme personnel et grossier de Jéhovah, la conquête tout aussi brutale et grossière des Romains et l'idéale spéculation métaphysique des Grecs, matérialisée par le contact de l'Orient, tels furent les trois éléments historiques qui constituèrent la religion spiritualiste des chrétiens.

Alexandrie, ce dieu terrible des Juifs fit la connaissance personnelle de la Divinité métaphysique de Platon, déjà fort corrompue par le contact de l'Orient et se corrompant plus tard encore davantage par le sien. Malgré son exclusivisme national jaloux et féroce, il ne put résister à la longue aux grâces de cette Divinité idéale et impersonnelle des Grecs. Il l'épousa, et de ce mariage naquit le Dieu spiritualiste, mais non spirituel, des chrétiens. On sait que les néo-platoniciens d'Alexandrie furent les principaux créateurs de la théologie chrétienne.

Mais la théologie ne constitue pas encore la religion comme les éléments historiques ne suffisent pas pour créer l'histoire. J'appelle éléments historiques les dispositions et conditions générales d'un développement réel quelconque, par exemple, ici, la conquête des Romains, et la rencontre du dieu des Juifs avec la Divinité idéale des Grecs. Pour féconder les éléments historiques, pour leur faire produire une série de transformations historiques nouvelles, il faut un fait vivant, spontané, sans lequel ils pourraient rester bien des siècles encore à l'état d'éléments, sans rien produire. Ce fait ne manqua pas au christianisme : ce fut la propagande, le martyre et la mort de Jésus-Christ. Nous ne savons presque rien de ce grand et saint personnage, tout ce que les Évangiles nous en rapportent étant si contradictoire et si fabuleux qu'à peine pouvons-nous y saisir quelques traits réels et vivants. Ce qui est certain, c'est qu'il fut le prêcheur du pauvre peuple, l'ami, le consolateur des misérables, des ignorants, des esclaves et des femmes, et qu'il fut beaucoup aimé par ces dernières. Il promit à tous ceux qui étaient opprimés, à tous ceux qui souffraient ici-bas – et le nombre en était naturellement immense –, la vie éternelle. Il fut, comme de raison, pendu par les représentants de la morale officielle et de l'ordre public de l'époque. Ses disciples, et les disciples de ses disciples, purent se répandre, grâce à la conquête romaine qui avait détruit les barrières nationales, et ils portèrent en effet la propagande de l'Évangile dans tous les pays connus des anciens. Partout ils furent reçus à bras ouverts par les esclaves et les femmes, les deux classes les plus opprimées, les plus souffrantes et naturellement aussi les plus ignorantes du monde antique.

S'ils firent quelque prosélytes dans le monde privilégié et lettré, ils ne le durent encore, en très grande partie, qu'à l'influence des femmes. Leur propagande la plus large s'exerça presque exclusivement dans le peuple, aussi malheureux qu'abruti par l'esclavage. Ce fut le premier réveil, la première révolte principielle du prolétariat. Le grand honneur du christianisme, son mérite incontestable et tout le secret de son triomphe inouï et d'ailleurs tout à fait légitime, ce fut de s'être adressé à ce public souffrant et immense, auquel le monde antique, constituant une aristocratie intellectuelle et politique étroite et féroce, déniait jusqu'aux derniers attributs et aux droits les plus simples de l'humanité. Autrement il n'aurait jamais pu se répandre. La doctrine qu'enseignaient les apôtres du Christ, toute consolante qu'elle ait pu paraître aux malheureux, était trop révoltante, trop absurde, au point de vue de la raison humaine, pour que des hommes éclairés eussent pu l'accepter. Aussi avec quel triomphe l'apôtre saint Paul ne parle-t-il pas du scandale de la foi et du triomphe de cette divine folie repoussée par les puissants et les sages du siècle, mais d'autant plus passionnément acceptée par les simples, les ignorants et les pauvres d'esprit. En effet, il fallait un bien profond mécontentement de la vie, une bien grande soif du cœur, et une pauvreté à peu près absolue de l'esprit pour accepter l'absurdité chrétienne, de toutes les absurdités religieuses la plus hardie et la plus monstrueuse. Ce n'était pas seulement la négation de toutes les institutions politiques, sociales et religieuses de l'Antiquité, c'était le renversement absolu du sens commun, de toute raison humaine.

L'Être effectivement existant, le monde réel, était considéré désormais comme le néant ; et le produit de la faculté abstractive de l'homme, la dernière, la suprême abstraction, dans laquelle cette faculté, ayant dépassé toutes les choses existantes et jusqu'aux déterminations les plus générales de l'Être réel, telles que les idées de l'espace et du temps, n'ayant plus rien à dépasser, se repose dans la contemplation de son vide et de son immobilité absolue ; cet abstractum, ce caput mortuum absolument vide de tout contenu, le vrai néant, Dieu, est proclamé le seul Être réel, éternel, tout-puissant. Le Tout réel est déclaré nul, et le nul absolu, le Tout. L'ombre devient le corps, et le corps s'évanouit comme une ombre[6]. C'était d'une audace et d'une absurdité inouïes, le vrai scandale de la foi, le triomphe de la sottise croyante sur l'esprit, pour les masses ; et pour quelques-uns, l'ironie triomphante d'un esprit fatigué, corrompu, désillusionné et dégoûté de la recherche honnête et sérieuse de la vérité ; le besoin de s'étourdir et de s'abrutir, besoin qui se rencontre souvent chez les esprits blasés : « Credo quia absurdum est. » « Je ne crois pas seulement à l'absurde ; j'y crois précisément et surtout parce qu'il est l'absurde. » C'est ainsi que beaucoup d'esprits distingués et éclairés, de nos jours, croient au magnétisme animal, au spiritisme, aux tables tournantes – eh, mon Dieu, pourquoi aller si loin ? –, croient encore au christianisme, à l'idéalisme, à Dieu.

La croyance du prolétariat antique, aussi bien que des masses modernes après lui, était plus robuste, de moins haut goût et plus simple. La propagande chrétienne s'était adressée à son cœur, non à son esprit, à ses aspirations éternelles, à ses besoins, à ses souffrances, à son esclavage, non à sa raison qui dormait encore, et pour laquelle les contradictions logiques, l'évidence de l'absurde, ne pouvaient par conséquent exister. La seule question qui l'intéressait était de savoir quand sonnerait l'heure de la délivrance promise, quand arriverait le règne de Dieu. Quant aux dogmes théologiques, il ne s'en souciait pas, parce qu'il n'y comprenait rien du tout. Le prolétariat converti au christianisme en constituait la puissance matérielle ascendante, non la pensée théorique. Quant aux dogmes chrétiens, ils furent élaborés, comme on sait, dans une série de

---

6 Je sais fort bien que dans les systèmes théologiques et métaphysiques orientaux, et surtout dans ceux de l'Inde, y compris le bouddhisme, on trouve déjà le principe de l'anéantissement du monde réel au profit de l'idéal ou de l'abstraction absolue. Mais il n'y porte pas encore ce caractère de négation volontaire et réfléchie qui distingue le christianisme, parce que, lorsque ces systèmes furent conçus, le monde proprement humain, le monde de l'esprit humain, de la volonté humaine, de la science et de la liberté humaine. ne s'était pas encore développé comme il s'est manifesté depuis dans la civilisation gréco-romaine.

travaux théologiques, littéraires, et dans les conciles, principalement par les néo-platoniciens convertis de l'Orient. L'esprit grec était descendu si bas qu'au quatrième siècle de l'ère chrétienne déjà, époque du premier concile, nous trouvons l'idée d'un Dieu personnel, Esprit pur, éternel, absolu, créateur et maître suprême du monde, existant en dehors du monde, unanimement acceptée par tous les Pères de l'Église ; et comme conséquence logique de cette absurdité absolue, la croyance dès lors naturelle et nécessaire à l'immatérialité et à l'immortalité de l'âme humaine, logée et emprisonnée dans un corps mortel, mais mortel seulement en partie, parce que dans ce corps lui-même il y a une partie qui, tout en étant corporelle, est immortelle comme l'âme et doit ressusciter avec l'âme. Tant il a été difficile, même à des pères de l'Église, de se représenter l'esprit pur en dehors de toute forme corporelle ! Il faut observer qu'en général le caractère de tout raisonnement théologique, et métaphysique aussi, c'est de chercher à expliquer une absurdité par une autre.

Il a été fort heureux pour le christianisme d'avoir rencontré le monde des esclaves. Il eut un autre bonheur, ce fut l'invasion des barbares. Les barbares étaient de braves gens, pleins de force naturelle, et surtout animés et poussés par un grand besoin et par une grande capacité de vivre, des brigands à toute épreuve, capables de tout dévaster et de tout avaler, de même que leurs successeurs, les Allemands actuels, beaucoup moins systématiques et pédants dans leur brigandage que ces derniers, beaucoup moins moraux, moins savants, mais, par contre, beaucoup plus indépendants et plus fiers, capables de science et non incapables de liberté, comme les bourgeois de l'Allemagne moderne. Mais avec toutes ces grandes qualités, ils n'étaient rien que des barbares, c'est-à-dire aussi indifférents que les esclaves antiques, dont beaucoup d'ailleurs appartenaient à leur race, pour toutes les questions de la théologie et de la métaphysique. De sorte qu'une fois leur répugnance pratique rompue, il ne fut pas difficile de les convertir théoriquement au christianisme. Pendant dix siècles, le christianisme, armé de la toute-puissance de l'Église et de l'État, et sans concurrence aucune de la part de qui que ce fût, put dépraver, abrutir et fausser l'esprit de l'Europe. Il n'eut point de concurrents, puisqu'en dehors de l'Église il n'y eut point de penseurs, ni même de lettrés. Elle seule pensait, elle seule parlait, écrivait, elle seule enseignait. Si des hérésies s'élevèrent en son sein, elles ne s'attaquèrent jamais qu'aux développements théologiques ou pratiques du dogme fondamental, non à ce dogme même. La croyance en Dieu, esprit pur et créateur du monde, et la croyance en l'immatérialité de l'âme restèrent intactes.

Cette double croyance devint la base idéale de toute la civilisation occidentale et orientale de l'Europe, et elle pénétra, elle s'incarna dans toutes les institutions, dans tous les détails de la vie tant publique que privée de toutes les classes aussi bien que de masses.

La religiosité et la Révolution Française

Peut-on s'étonner, après cela, que cette croyance se soit maintenue jusqu'à nos jours, et qu'elle continue d'exercer son influence désastreuse même sur des esprits d'élite comme Mazzini, Quinet, Michelet et tant d'autres ? Nous avons vu que la première attaque fut soulevée contre elle par la renaissance du libre esprit au XVe siècle, Renaissance qui produisit des héros et des martyrs comme Vanini, comme Giordano Bruno et comme Galilée, et qui, bien qu'étouffée bientôt par le bruit, le tumulte et les passions de la Réforme religieuse, continua sans bruit son travail invisible, léguant aux plus nobles esprits de chaque génération nouvelle cette œuvre de l'émancipation humaine par la destruction de l'absurde, jusqu'à ce qu'enfin, dans la seconde moitié du XVIIIe siècle, elle reparût de nouveau au grand jour, élevant hardiment le drapeau de l'athéisme et du matérialisme. On put croire alors que l'esprit humain allait enfin se délivrer, une fois pour toutes, de toutes les obsessions divines. C'était une erreur. Le mensonge divin, dont l'humanité s'était nourrie – en ne parlant que du monde chrétien – pendant dix-huit siècles, devait se montrer, encore une fois, plus puissant que l'humaine vérité. Ne pouvant plus se servir de la gent noire, des corbeaux consacrés de l'Église, des prêtres tant catholiques que protestants, qui avaient perdu tout crédit, il se servit des prêtres laïques, des menteurs et sophistes à robe courte, parmi lesquels le rôle principal fut dévolu à deux hommes fatals : l'un, l'esprit le plus faux, l'autre, la volonté la plus doctrinairement despotique du siècle passé, à Jean-Jacques Rousseau et à Robespierre. Le premier représente le vrai type de l'étroitesse et de la mesquinerie ombrageuse, de l'exaltation sans autre objet que sa propre personne, de l'enthousiasme à froid et de l'hypocrisie à la fois sentimentale et implacable, du mensonge forcé de l'idéalisme moderne.

On peut le considérer comme le vrai créateur de la moderne réaction. En apparence l'écrivain le plus démocratique du XVIIIe siècle, il couve en lui le despotisme impitoyable de l'homme d'État. Il fut le prophète de l'État doctrinaire, comme Robespierre, son digne et fidèle disciple, essaya d'en devenir le grand prêtre. Ayant entendu dire à Voltaire que s'il n'y avait pas de Dieu, il faudrait en inventer un, Rousseau inventa l'Être suprême, le Dieu abstrait et stérile des déistes. Et c'est au nom de l'Être suprême, et de la vertu hypocrite commandée par l'Être suprême, que Robespierre guillotina les Hébertistes d'abord, ensuite le génie même de la Révolution, Danton, dans la personne duquel il assassina la République, préparant ainsi le triomphe, devenu dès lors nécessaire, de la dictature de Bonaparte 1 er. Après ce grand triomphe, la réaction idéaliste chercha et trouva des serviteurs moins fanatiques, moins terribles, mesurés à la taille considérablement amoindrie de la bourgeoisie de notre siècle à nous. En France, ce furent Chateaubriand, Lamartine, et – faut-il le dire ? Eh ! pourquoi non ? Il faut tout dire, quand c'est vrai – ce fut Victor Hugo lui-même, le démocrate, le républicain, le quasi-socialiste d'aujourd'hui, et à leur suite toute la cohorte mélancolique et sentimentale d'esprits maigres et pâles qui constituèrent sous la direction de ces maîtres, l'école du romantisme moderne. En Allemagne, ce furent les Schlegel, les Tieck, les Novalis, les Werner, ce fut Schelling et tant d'autres encore dont les noms ne méritent pas même d'être nommés. La littérature créée par cette école fut le vrai règne des revenants et des fantômes. Elle ne supportait pas le grand jour, le clair-obscur étant le seul élément où elle pût vivre.

Elle ne supportait pas non plus le contact brutal des masses ; c'était la littérature des âmes tendres, délicates, distinguées, aspirant au Ciel, leur patrie, et vivant comme malgré elles sur la terre. Elle avait la politique, les questions du jour, en horreur et en mépris ; mais lorsqu'elle en parlait par hasard, elle se montrait franchement réactionnaire, prenant le parti de l'Église contre l'insolence des libres penseurs, des rois contre les peuples, et de toutes les aristocraties contre la vile canaille des rues. Au reste, comme je viens de le dire, ce qui dominait dans l'école, c'était une indifférence quasi complète pour les questions politiques. Au milieu des nuages dans lesquels elle vivait, on ne pouvait distinguer que deux points réels : le développement rapide du matérialisme bourgeois et le déchaînement effréné des vanités individuelles. Pour comprendre cette littérature, il faut en chercher la raison d'être dans la transformation qui s'était opérée au sein de la classe bourgeoise depuis la Révolution de 1793. Depuis la Renaissance et la Réforme jusqu'à cette Révolution, la bourgeoisie, sinon en Allemagne, du moins en Italie, en France, en Suisse, en Angleterre, en Hollande, fut le héros et représenta le génie révolutionnaire de l'histoire. De son sein sortirent la plupart des libres penseurs du XVe siècle, des grands réformateurs religieux des deux siècles suivants, et des apôtres de l'émancipation humaine, y compris cette fois aussi ceux de l'Allemagne du siècle passé. Elle seule, naturellement appuyée sur les sympathies, sur la foi et sur le bras puissant du peuple, fit la Révolution de 89 et de 93. Elle avait proclamé la déchéance de la royauté et de l'Église, la fraternité des peuples, les Droits de l'homme et du citoyen.

Voilà ses titres de gloire, ils sont immortels. Dès lors elle se scinda. Un parti considérable d'acquéreurs de biens nationaux, devenus riches et s'appuyant cette fois non sur le prolétariat des villes, mais sur la majeure partie des paysans de France qui étaient également devenus des propriétaires terriens, aspirait à la paix, au rétablissement de l'ordre public et à la fondation d'un gouvernement régulier et puissant. Il acclama donc avec bonheur la dictature du premier Bonaparte, et, quoique toujours voltairien, ne vit pas d'un mauvais œil son concordat avec le pape et le rétablissement de l'Église officielle en France : « La religion est si nécessaire au peuple ! » – ce qui veut dire que, repue, cette partie de la bourgeoisie commença dès lors à comprendre qu'il était urgent, dans l'intérêt de la conservation de sa position et de ses biens acquis, de tromper la faim non assouvie du peuple par les promesses d'une manne céleste.

Ce fut alors que commença à prêcher Chateaubriand[7].

7   Je crois utile de rappeler ici une anecdote d'ailleurs très connue et tout à fait
    authentique, qui jette une lumière si précieuse tant sur le caractère personnel de
    ce réchauffeur des croyances catholiques que sur la sincérité religieuse de cette
    époque. Chateaubriand avait apporté au libraire un ouvrage dirigé contre la foi.
    Le libraire lui fit observer que l'athéisme était passé de mode, que le public
    lisant n'en voulait plus, et qu'il demandait au contraire des ouvrages religieux.
    Chateaubriand s'éloigna, mais quelques mois plus tard il lui apporta son Génie
    du christianisme.

Après la Révolution Française

Napoléon tomba. La Restauration ramena en France, avec la monarchie légitime, la puissance de l'Eglise et de l'aristocratie nobiliaire, qui se ressaisirent, sinon du tout, au moins d'une considérable partie de leur ancien pouvoir avec l'intention évidente d'attendre et de choisir un moment propice pour reprendre le reste. Cette réaction rejeta la bourgeoisie dans la Révolution ; et avec l'esprit révolutionnaire se réveilla en elle aussi l'esprit fort. Elle mit Chateaubriand de côté, et recommença à lire Voltaire. Elle n'alla pas jusqu'à Diderot : ses nerfs affaiblis ne supportaient plus une nourriture aussi forte. Voltaire, à la fois esprit fort et déiste lui convenait au contraire beaucoup. Béranger et Paul-Louis Courier exprimèrent parfaitement cette tendance nouvelle. Le « Dieu des bonnes gens » et l'idéal du roi bourgeois, à la fois libéral et démocratique, dessinés sur le fond majestueux et désormais inoffensif des victoires gigantesques de l'Empire, telle fut, à cette époque, la nourriture intellectuelle quotidienne de la bourgeoisie de France. Lamartine, aiguillonné par l'envie vaniteusement ridicule de s'élever à la hauteur poétique du grand poète anglais Byron, avait bien commencé ses hymnes froidement délirants en l'honneur du Dieu des gentilshommes et de la monarchie légitime. Mais ses chants ne retentissaient que dans les salons aristocratiques. La bourgeoisie ne les entendait pas. Béranger était son poète et Paul-Louis Courier son écrivain politique. La Révolution de Juillet eut pour conséquence l'ennoblissement de ses goûts. On sait que tout bourgeois en France porte en lui le type impérissable du bourgeois gentilhomme, qui ne manque jamais de paraître aussitôt qu'il acquiert un peu de richesse et de puissance.

En 1830, la riche bourgeoisie avait définitivement remplacé l'antique noblesse au pouvoir. Elle tendit naturellement à fonder une aristocratie nouvelle, aristocratie du capital, sans doute, avant tout, mais aussi aristocratie d'intelligence, de bonnes manières et de sentiments délicats. La bourgeoisie commença à se sentir religieuse. Ce ne fut pas de sa part une simple singerie des mœurs aristocratiques, c'était en même temps une nécessité de position. Le prolétariat lui avait rendu un dernier service, en l'aidant à renverser encore une fois la noblesse. Maintenant, la bourgeoisie n'avait plus besoin de son aide, car elle se sentait solidement assise à l'ombre du trône de Juillet, et l'alliance du peuple, désormais inutile, commençait à lui devenir incommode. Il fallait le remettre à sa place, ce qui ne put naturellement se faire sans provoquer une grande indignation dans les masses. Il devint nécessaire de les contenir. Mais au nom de quoi ? Au nom de l'intérêt bourgeois crûment avoué ? C'eût été par trop cynique. Plus un intérêt est injuste, inhumain, et plus il a besoin de sanction ; et où la prendre, si ce n'est dans la religion, cette bonne protectrice de tous les repus, et cette consolatrice si utile de tous ceux qui ont faim ? Et plus que jamais, la bourgeoisie triomphante sentit que la religion était absolument nécessaire pour le peuple. Après avoir gagné tous ses titres impérissables de gloire dans l'opposition, tant religieuse et philosophique que politique, dans la protestation et dans la révolution, elle était enfin devenue la classe dominante, et par-là même le défenseur et le conservateur de l'État, ce dernier étant à son tour devenu l'institution régulière de la puissance exclusive de cette classe.

L'État c'est la force, et il a pour lui avant tout le droit de la force, l'argumentation triomphante du fusil à aiguille, du chassepot. Mais l'homme est si singulièrement fait que cette argumentation, tout éloquente qu'elle paraît, ne suffit pas à la longue. Pour lui imposer le respect, il lui faut absolument, une sanction morale quelconque. Il faut de plus que cette sanction soit tellement évidente et simple qu'elle puisse convaincre les masses, qui, après avoir été réduites par la force de l'État, doivent être amenées maintenant à la reconnaissance morale de son droit. Il n'y a que deux moyens pour convaincre les masses de la bonté d'une institution sociale quelconque. Le premier, le seul réel, mais aussi le plus difficile, parce qu'il implique l'abolition de l'État – c'est-à-dire l'abolition de l'exploitation politiquement organisée de la majorité par une minorité quelconque –, ce serait la satisfaction directe et complète de tous les besoins, de toutes les aspirations humaines des masses ; ce qui équivaudrait à la liquidation complète de l'existence tant politique qu'économique de la classe bourgeoise, et, comme je viens de le dire, à l'abolition de l'État. Ce moyen serait sans doute salutaire pour les masses, mais funeste pour les intérêts bourgeois. Donc il ne faut pas en parler. Parlons alors de l'autre moyen, qui, funeste pour le peuple seulement est, est au contraire précieux pour le salut des privilèges bourgeois. Cet autre moyen ne peut être que la religion. C'est ce mirage éternel qui entraîne les masses à la recherche des trésors divins, tandis que, beaucoup plus modérée, la classe dominante se contente de partager, fort inégalement d'ailleurs, et en donnant toujours davantage à celui qui possède davantage, parmi ses propres membres, les misérables biens de la terre et les dépouilles humaines du peuple, y compris naturellement sa liberté politique et sociale.

Il n'est pas, il ne peut exister d'État sans religion. Prenez les États-Unis d'Amérique ou la Confédération suisse, par exemple, et voyez quel rôle important la Providence divine, cette sanction suprême de tous les États, y joue dans tous les discours officiels. Mais toutes les fois qu'un chef d'État parle de Dieu, que ce soit Guillaume 1er, l'empereur knouto-germanique, ou Grant, le président de la Grande République, soyez certains qu'il se prépare de nouveau à tondre son peuple-troupeau. La bourgeoisie française, libérale, et voltairienne, et poussée par son tempérament à un positivisme, pour ne point dire à un matérialisme, singulièrement étroit et brutal, étant devenue, par son triomphe de 1830, la classe de l'État, a dû donc nécessairement se donner une religion officielle. La chose n'était point facile. Elle ne pouvait se remettre crûment sous le joug du catholicisme romain. Il y avait entre elle et l'Église de Rome un abîme de sang et de haine, et, quelque pratique et sage qu'on soit devenu, on ne parvient jamais à réprimer en son sein une passion développée par l'histoire. D'ailleurs, le bourgeois français se serait couvert de ridicule s'il était retourné à l'église pour y prendre part aux pieuses cérémonies du culte divin, condition essentielle d'une conversion méritoire et sincère. Plusieurs l'ont bien essayé, mais leur héroïsme n'eut d'autre résultat qu'un scandale stérile. Enfin le retour au catholicisme était impossible à cause de la contradiction insoluble qui existe entre la politique invariable de Rome et le développement des intérêts économiques et politiques de la classe moyenne. Sous ce rapport, le protestantisme est beaucoup plus commode. C'est la religion bourgeoise par excellence.

Elle accorde juste autant de liberté qu'il en faut aux bourgeois et a trouvé le moyen de concilier les aspirations célestes avec le respect que réclament les intérêts terrestres. Aussi voyons-nous que c'est surtout dans les pays protestants que le commerce et l'industrie se sont le plus développés. Mais il était impossible pour la bourgeoisie de la France de se faire protestante. Pour passer d'une religion à une autre – à moins qu'on ne le fasse par calcul, comme le font quelquefois les Juifs en Russie et en Pologne, qui se font baptiser trois, quatre fois, afin de recevoir chaque fois une rémunération nouvelle –, pour changer de religion, il faut avoir un grain de foi religieuse. Eh bien, dans le cœur exclusivement positif du bourgeois français, il n'y a point de place pour ce grain. Il professe l'indifférence la plus profonde pour toutes les questions, excepté celle de sa bourse avant tout, et celle de sa vanité sociale après elle. Il est aussi indifférent pour le protestantisme que pour le catholicisme. D'ailleurs la bourgeoisie française n'aurait pu embrasser le protestantisme sans se mettre en contradiction avec la routine catholique de la majorité du peuple français, ce qui eût constitué une grave imprudence de la part d'une classe qui voulait gouverner la France. Il restait bien un moyen : c'était de retourner à la religion humanitaire et révolutionnaire du XVIIIe siècle. Mais cette religion mène trop loin. Force fut donc à la bourgeoisie de créer, pour sanctionner le nouvel État, l'État bourgeois qu'elle venait de créer, une religion nouvelle, qui pût être, sans trop de ridicule et de scandale, la religion professée hautement par toute la classe bourgeoise. C'est ainsi que naquit le déisme de l'École doctrinaire.

D'autres ont fait, beaucoup mieux que je ne saurais le faire, l'histoire de la naissance et du développement de cette École, qui eut une influence si décisive et, je puis bien le dire, funeste sur l'éducation politique, intellectuelle et morale de la jeunesse bourgeoise en France. Elle date de Benjamin Constant et de Mme de Staël, mais son vrai fondateur fut Royer-Collard ; ses apôtres : MM. Guizot, Cousin, Villemain et bien d'autres ; son but hautement avoué : la réconciliation de la Révolution avec la Réaction, ou, pour parler le langage de l'École, du principe de la liberté avec celui de l'autorité, naturellement au profit de ce dernier. Cette réconciliation signifiait, en politique, l'escamotage de la liberté populaire au profit de la domination bourgeoise, représentée par l'État monarchique et constitutionnel ; en philosophie, la soumission réfléchie de la libre raison aux principes éternels de la foi. Nous n'avons à nous occuper ici que de cette dernière. On sait que cette philosophie fut principalement élaborée par M. Cousin, le père de l'éclectisme français. Parleur superficiel et pédant, innocent de toute conception originale, de toute pensée qui lui fût propre, mais très fort dans le lieu commun, qu'il a le tort de confondre avec le bon sens, ce philosophe illustre a préparé savamment, à l'usage de la jeunesse étudiante de France, un plat métaphysique de sa façon, et dont la consommation, rendue obligatoire dans toutes les écoles de l'État, soumises à l'Université, a condamné plusieurs générations de suite à une indigestion du cerveau.

Qu'on s'imagine une vinaigrette philosophique composée des systèmes les plus opposés, un mélange de Pères de l'Église, de scolastiques, de Descartes et de Pascal, de Kant et de psychologues écossais, le tout superposé sur les idées divines et innées de Platon et recouvert d'une couche d'immanence hégélienne, accompagné nécessairement d'une ignorance aussi dédaigneuse que complète des sciences naturelles, et prouvant que deux fois deux font cinq.

Michel Bakounine

FIN